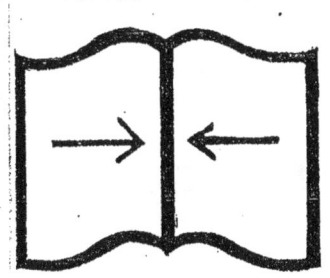

RELIURE SERREE
Absence de marges
intérieures

Couvertures supérieure et inférieure
manquantes

VALABLE POUR TOUT OU PARTIE
DU DOCUMENT REPRODUIT

# LA COMTESSE GENDELETTRE

# DU MÊME AUTEUR

## POÉSIE

Les Asphodèles.

Primevère.

L'Oasis.

Les Anniversaires.

## THÉATRE

Un Voyage de Noces, drame en quatre actes (Odéon).

Stances a Corneille (Comédie-Française).

Corneille et Rotrou, comédie en un acte, en vers (Odéon).

L'Heure du Chocolat, comédie en un acte.

Marguerite d'Ecosse, poème dramatique en un acte.

Les Noces du Croque-Mort, comédie en un acte.

L'Occasion fait le larron, comédie en un acte (épuisé).

L'Habit ne fait pas le Moine, comédie en deux actes.

## ROMAN

Amourettes.

## EN PRÉPARATION

Morphio.

L'Echelle de Jacob.

LOUIS TIERCELIN

# La Comtesse Gendelettre

**PARIS**

NOUVELLE LIBRAIRIE PARISIENNE

ALBERT SAVINE, ÉDITEUR

18, RUE DROUOT, 18

1887

I

VINGT-CINQ juillet 1884. Trois heures. La plage de Rochebonne étincelle au soleil. De Saint-Malo à La Varde, la mer, très bleue, n'a pas une vague. Les Bains Saint-Louis, Courtel et Foucault ont aligné, à mi-grève, la longue double rangée de leurs cabines rivales vert-d'eau, brunes et bois. Les trois réchauds hostiles fument en avant et déjà quelques personnes se groupent au bord du flot.

— La mer sera excellente aujourd'hui ! murmure Besnard avec un sourire, les bras croisés sur sa vareuse de grosse laine noire et tapant ses pieds nus dans les flaques d'eau.

— Un vrai temps pour la promenade ! ajoute, comme indifféremment, Petit, avec un coup d'œil, pourtant, vers la *Jeanne d'Arc*, son joli canot.

— C'est l'occasion de faire commencer votre petite demoiselle. Pas de danger qu'elle ait peur avec cette mer-là. Une vraie baignoire et de l'eau chaude !

Et Chérel, dans son maillot bleu déteint, sourit à une jolie dame assise sur un pliant.

Sur la pente des gros sables, la foule des *étrangers* s'agite. On arrive, on s'aborde, on s'assied, on se couche ; c'est un caquetage effréné autour des cabines de réserve. Un peu plus bas, des groupes d'enfants font des trous dans le sable, élèvent des montagnes, construisent des fortifications ; de grands garçons et de grandes filles jouent au croquet ; le vieux M. Speaker passe à cheval, accompagnant des dames ; Briquet, l'*In-*

*nocent*, s'arrête poursuivi par une bande joyeuse, éclatant de rire avec une menace dans ses poings fermés; de jeunes Italiens nasillent « un petit sou » au son de l'accordéon ; la vieille chanteuse bossue, aux jupes effiloquées, au long caraco noir, une fanchon sur la tête, glapit sa mélodie favorite :

Vraiment, j'en suis enchanté,
Je r'viens de la noce !
J'm'en suis t'y fourré d'un'bosse !
Vraiment, j'en suis enchanté,
Je r'viens de la noce,
Ça n'm'a rien coûté !

Et hargneuse, elle tend la main, avec une grimace et un mot méchant entre chaque couplet.

Voici la marchande au tablier blanc, au chapeau de jonc noir, son paquet de papiers enfilés pendu au bras, portant dans un panier ses gaufres blondes et dans une corbeille ses berlingots reluisants.

Devant la buvette, un groupe de jeunes gens et de fillettes se sont arrêtés, bruyants, s'offrant, parmi les rires, de la bière et des sirops, se poussant, se pinçant, heureux de cette promiscuité de la plage : Briquart, un grand maigre aux façons anglaises ; le gros Gourieux, boudiné dans un complet gris ; Grangalo, un petit Brésilien sec et noir ; Savary, à la face de poupard, et le beau Bernard Falcimaigne, et l'affreux Rigault, aux yeux de grenouille dans une tête de fouine, portant solennellement, comme des insignes de *chic*, ses gants, son pardessus et sa canne ; puis Jeanne Gaillard, une grande belle fille aux regards curieux; Blanche Bernier, très fière de ses fausses nattes blondes; Lucy Cayron, très coquette et très entourée, et la petite Heurteloup, une luronne de douze ans qui se faufile dans tous les groupes.

Des breaks et des paniers s'arrêtent à l'entrée du boulevard ; la terrasse du *Café de la Plage* s'anime. Marguerite rayonne sur le seuil de son *Hôtel de la Paix* ; Anna et sa fille distribuent des costumes et des billets ; Mignonne galope, descendant les cabines, et le mouvement gagne peu à peu la ligne des tentes abritées au pied des villas.

Le député Girault est assis près de sa femme, à l'ombre de la toile aux rayures rouges et blanches ; ses bons petits yeux ronds inquiets semblent s'intéresser très fort aux choses de la plage. Tout auprès, le sénateur Dumoustard, debout, surveille ses enfants, tout en soignant sa pose à la Bonaparte. Son collègue au Luxembourg, l'avocat Dupré-Fournetz, lui fait des bonjours de la main. C'est le coin politique : la tente du préfet Le Faulcheux est là aussi, fermée encore.

Plus loin, la marquise de Pontaillac trône au milieu d'une cour de vieilles dames, sous le coutil rayé blanc et jaune, les couleurs pontificales.

Puis les Heurteloup, le père et la mère, gros, gras, grands, rouges et communs, marchands de bois enrichis, tristes dans leur isolement, heureux de laisser vagabonder leur fille à la remorque des enfants de la *société*.

Puis, juste devant la villa Conchée, les Morambeau : le père, président du tribunal de Saint-Malo, énorme de taille, de bêtise et de solennité ; la mère, une petite aux yeux malins, à la bouche sans lèvres largement fendue, au menton proéminent, et leurs deux filles, Victoire, une boulotte, dodue comme le président, courte comme sa mère, et Clémence, une perche, longue comme son père et sèche comme madame Morambeau.

Et sur cette plage cerclée, en avant, par l'azur du ciel et de la mer, s'étend, tout le long de la côte, de la pointe de Rochebonne à la digue, le joli cordon bigarré des villas blanches, grises,

jaunes et roses : le Château-fort, encore ina-
chevé, Les Terrasses, Les Pavillons, Les Roches,
Excelsior, la Smala, hôtel de la Plage ; villas
Surcouf, Hortense et Sainte-Sophie, hôtel de la
Paix, café de la Plage ; villas Saint-André, Belle-
Plage, Les Côtières, La Conchée, Marie-Joseph
et Castel-Dour.

De la côte à la mer, tout reluit, scintille,
bourdonne, palpite, éclate, tourbillonne, sous
l'écrasante chaleur qui tombe du ciel et remonte
du sable, dans un pêle-mêle éblouissant de mouvements et de couleurs.


— Décidément, il n'y a que *Le Louvre !*
— Il n'y a que *Le Bon Marché !*
— Il n'y a que *Le Printemps !* Et puis donnez-moi vos catalogues. Si on vous voyait toujours le nez dedans, ça vous ferait du tort auprès des personnes sérieuses.

Madame Morambeau, après un regard sévère
à ses filles, se pencha, souriante, vers le président, qui, la tête renversée et les yeux au ciel,
tournait béatement ses pouces au soleil.

— N'est-ce pas, mon ami ?

Sans interrompre l'errement de ses yeux et le

tournoiement de ses pouces, M. Morambeau soupira un *Pfou!* d'indifférence que la présidente accueillit d'un haussement d'épaules significatif; saisissant vivement les catalogues de ses filles et y joignant le sien, elle jeta le tout sur les genoux de son mari :

— Tiens, toi, tu peux les lire ; on croira que ce sont des Revues.

Et tirant de la poche du président *La Gazette de Paramé :*

— Voyons un peu ce qui se passe... Et vous, mesdemoiselles, prenez vos ouvrages...

— Oui, maman.

— Nouvelles de Rochebonne. *On signale l'arrivée dans nos murs...*

— Papa, pourquoi met-on dans nos murs ? interrompit Clémence, en allongeant son museau pointu.

— Pfou !

— C'est vrai, continua Victoire ; Paramé n'est pas une ville fortifiée.

Madame Morambeau leva les épaules :

— Dans nos murs, ça ne veut rien dire ; ça se met pour arrondir la phrase ; c'est ce qu'on appelle *le style.*

Elle reprit, tout haut, sa lecture :

— *Dans nos murs... de Madame la comtesse Dupuis-Miron. Poète, peintre, sculpteur et musicienne de premier ordre, la comtesse Madeleine (comme l'appellent ses intimes) est bien connue, à Paris, pour l'hospitalité princière qu'elle donne aux artistes et aux gens de lettres dans son magnifique hôtel de la rue de Boulogne, non moins que pour la protection éclairée dont elle a entouré les débuts de plusieurs de nos grands hommes contemporains.*

— Tu connais cette dame, papa ?

Le président allait peut-être répondre ; madame Morambeau lui en évita la peine :

— Je parie que c'est elle qui vient d'acheter la Villa des Roses.

— Cette grande brune, frisée, qui est venue hier sur la plage...

— Avec une escorte de petits jeunes gens...

— Mesdemoiselles ! fit la mère étonnée de la liberté d'expressions de ses filles.

— Voilà sa tente qu'on a plantée ce matin.

Et Clémence indiquait une grande tente en toile grise bordée de rouge dont le pavillon et la porte étaient ornés d'une couronne comtale.

La présidente braqua son face-à-main dans la direction du bras de sa fille.

— Sa tente !... Qui est-ce qui t'a dit ça ?

— C'est monsieur Testard.

— Présent, glapit une voix tremblante et un jeune homme, verdâtre et grelottant, sorti de la cabine de Castel-Dour, essayant de sautiller et de sourire.

— Oh ! firent dans un même sursaut les deux jeunes filles.

Le petit jeune homme s'était approché, frissonnant de la tête aux pieds dans son costume de flanelle blanche, sur lequel éclatait radieusement un ruban rouge ostentateur ; et il saluait d'un mouvement sec de la tête, claquant des dents malgré lui :

— Madame... mesdemoiselles... mon cher président !

— La mer est bonne, monsieur Testard ? dit Clémence en lui tendant la main.

— Excellente, mademoiselle !

Et le petit jeune homme tremblotait et claquait de plus belle, s'efforçant de se tenir sous le regard malin des jeunes filles. Madame Morambeau fit une diversion heureuse :

—Vous connaissez la comtesse Dupuis-Miron, monsieur Testard ?

— La comtesse Madeleine, je crois bien. Une

femme charmante ! Testard la connaissait parfaitement ; il présenterait les Morambeau, s'ils
le voulaient. On devait pendre la crémaillère
chez elle le lendemain, et tous ses intimes de
Paris étaient arrivés, les uns descendus au *Grand-*
*Hôtel*, les autres chez elle, car la comtesse était
très hospitalière ; d'autres, à Castel-Dour.

Ces dames écoutaient, bouche béante, heureuses d'apprendre quelque chose sur la nouvelle arrivée ; le président, lui, fixait obstinément
ses yeux morts sur la vareuse de Testard qui,
très fier de cette attention et montrant du doigt
sa décoration éclatante, dans un sourire de *cicé-*
*rone* :

— Ah ! oui, c'est le Taramataya !

— Nos compliments, soupira madame Morambeau avec un regard vers la boutonnière de
son mari, ornée d'un mince filet rouge sale ; nos
compliments ; ça ressemble beaucoup à la Légion
d'honneur.

— N'est-ce pas ?... oh ! mais je grelotte, moi !

— Il faut marcher pour faire la réaction.

— Je ne demande pas mieux que de faire la
réaction !

— Et moi, est-ce que je n'en suis pas, de la réaction ?

Et un beau grand blond, sorti de la même cabine que Testard, élégamment vêtu d'une blouse et d'une culotte anglaises gros bleu, s'approcha souriant.

— Oh ! très joli ! dit la présidente, soulignant le mot du jeune homme.

Testard fit les présentations : Le prince Ytzkany ! un ami de la comtesse qui avait loué Castel-Dour, et quand il eut nommé les Morambeau :

— Offrez donc le bras à mademoiselle Victoire, mon prince. Vous permettez, chère madame ; deux tours de grève avec ces demoiselles ?

— Deux tours seulement !

— Oui, mère !

Testard offrit le bras à Clémence pendant que Victoire prenait le bras du prince et tous les quatre, se tenant, s'alignèrent :

— En avant ! cria le prince Itzkany.

— Marche ! répondirent les autres et la folle bande s'élança, galopant, bousculant tout sur son passage.

— Où court toute cette jeunesse ? grommela un vieux monsieur qui crut prudent de se ranger devant la cavalcade.

— Monsieur le maire, rugit Testard, nous enlevons ces demoiselles !

— Que Dieu l'entende ! soupira madame Morambeau.

— Vous avez permis cette chevauchée, mon
cher président ? fit le maire en tendant la main
à M. Morambeau.

Un serrement de main, accentué d'un *Pfou !*
résigné, fut la seule réponse et l'excellent homme reprit sa pose sur son pliant, les yeux au ciel
et tournant ses pouces. Mais la présidente, com-
plétant la pensée de son mari, sans doute, donnait ses raisons à M. Boulard :

Qui veut la fin... Et puis, jusqu'à ce jour, ces
demoiselles avaient été trop tenues ; ça leur
avait fait du tort... La mode anglaise avait du
bon ! à l'anglaise ! La famille de M. Testard habitait le pays et l'autre était son ami... un
prince !

— Oh alors ! fit le maire à qui tout cela im-
portait fort peu.

Enfin c'étaient des jeunes gens très bien... et
même Testard était un excellent parti. Toutes
les convenances s'y trouvaient.

— Voire les inconvenances ! murmura M. Boulard qui souriait doucement.

— Vous dites ? riposta vivement madame Morambeau.

— Rien, chère madame, et vous me permettrez
de vous présenter mon neveu, Pierre de Bréhat,
capitaine de frégate, qui m'est arrivé, ce matin,
comme une bombe.

— Vous connaissiez Rochebonne, monsieur?

— Je suis venu, il y a dix ans, à Paramé; c'est
vous dire, madame, que je ne le retrouve plus.

— C'est un petit Dinard maintenant et c'est à
votre cher oncle que nous devons cela. Mon
ami, c'est un neveu de M. Boulard.

Le président se leva.

Tout à coup un grand mouvement se fit d'un
bout à l'autre de la plage. On courait vers la
mer.

— Un accident ? fit le maire.

— Qu'est-ce donc ? demanda madame Morambeau au commandant Le Riboux qui passait.

— Quatre heures ! répondit le commandant ;
c'est la belle madame Maudoit qui sort de l'eau.

Le maire, sans rien dire, prit le bras de son
neveu, et l'entraîna.

— Viens-tu, mon ami ! Et la présidente, tout en
appelant son mari, trottinait à la suite de ces
messieurs.

— Pfou ! fit le président, et il se rassit.

## II

Maître Boulard est, depuis trente ans, notaire à Saint-Malo ; depuis vingt ans, il est maire de Paramé qu'il habite. Tous les soirs, à six heures, un coupé confortable, attelé d'un joli demi-sang, s'arrête à la porte de l'étude sise rue de Toulouse. Adieu les affaires et en route pour le Bois-Robert, au Petit-Paramé. Jusqu'au lendemain midi, il n'y a plus de maître Boulard, mais un excellent homme, bon vivant, soucieux de sa serre et de sa cuisine. Quant à la mairie, c'est M. Gourieux des Buffards, l'un des adjoints, qui la gère et, aux occasions solennelles seulement, à peine y voit-on, sous l'écharpe, passer le premier magistrat de la commune.

Par amour du travail, par timidité, un peu par égoïsme, le notaire ne s'est pas marié ; aussi son rêve est-il, maintenant qu'il vieillit et qu'il est riche, de se payer un remplaçant à cette conscription du mariage dont il fut le réfractaire obstiné.

A qui toute cette grosse fortune ira-t-elle ? Il n'a que son neveu, Bréhat, le fils d'une sœur morte ; mais cet héritier, qui en héritera, un jour ? Des collatéraux indifférents ; quelque drôlesse, peut-être ! Tandis que si Bréhat avait des enfants, le vieux notaire mourrait tranquille, bien sûr qu'on n'encanaillerait pas ses écus. Et c'est embêtant, tout de même, d'avoir moisi dans les papiers timbrés, toute sa vie, pour amasser un bon million qui s'en irait à tous les diables, dans les jupons d'une fille ! qui sait ?

Maître Boulard s'était donc mis dans la tête

que son rêve deviendrait une réalité ; mais il commençait à se prendre d'inquiétude. Il avait soixante ans et voilà que son neveu entrait dans la quarantaine, sans paraître autrement soucieux des conseils, voire des menaces avunculaires.

A vingt ans, Pierre de Bréhat avait aimé. Un amour malheureux, à en juger par quelques mots qui lui avaient échappé dans les premiers sursauts de la douleur.

—Laissons-le se guérir, avait pensé le notaire ; quand la plaie sera fermée, mon gaillard reviendra de lui-même au *matrimonium* ! C'est inévitable !

Maître Boulard avait attendu ; puis, de temps en temps, à longs intervalles d'abord et plus souvent ensuite, il avait glissé une allusion dans ses lettres, voilée pour commencer, timide, puis bientôt transparente et tout à fait claire, enfin. Il fallait comprendre et répondre ; Pierre comprit et répondit : Non ! Mais Boulard revint à la charge, ne se tenant pas pour battu, si bien que, dans une visite que lui fit son neveu, quelque temps après la guerre, à force d'insistance d'un côté et de résistances de l'autre, le conflit s'envenima.

— Tu vas avoir trente ans, disait l'oncle ; c'est l'âge où l'on se marie. Voilà dix ans, après tout, que ton affaire a eu lieu ; tu as eu le temps d'oublier et puis, moi, je vieillis ; je ne veux pas que ma fortune s'en aille à la dérive ; dépêche-toi de te marier.

Et comme Bréhat refusait toujours, un beau soir, à bout d'arguments, maître Boulard se fâcha tout rouge et eut l'imprudence de sommer son neveu d'avoir à choisir entre une femme et son héritage. Le lendemain matin, le neveu avait quitté le Bois-Robert, sans même prendre congé de son oncle. La bouderie dura trois ans ; puis, un jour de bonne humeur, Pierre avait répondu à une lettre émue du bon notaire ; la correspondance avait repris entre eux, de plus en plus fréquente et, de lettre en lettre, plus affectueuse.

Voilà comment, douze ans après *la grande brouille,* comme disait le notaire, Pierre de Bréhat était débarqué, un beau matin, à l'étude, sans crier gare, effaçant, dans une franche accolade, jusqu'au souvenir des querelles passées ; mais Boulard, lui, n'avait rien oublié. L'arrivée de son neveu fit bouillonner en lui comme une poussée très vive de ses anciennes rêveries, et il se promit bien de ne rien négliger pour amener son neveu au mariage, en y mettant plus de formes, cette fois, pour ne pas le faire déguerpir, à tout jamais.

Justement, la saison des bains était propice et c'était bien le diable si, à force de flâner sur la plage et de danser au Casino, le commandant ne finissait pas par se laisser prendre à quelque minois de fillette.

Aussi, dès le premier soir, après dîner, dans la serre, fumant une bonne bouffarde, en prenant le café, très insidieusement, le notaire avait enfourché son dada, et, tout en se tenant dans des considérations générales, chantait les béatitudes du ménage.

— Est-ce que ce n'est pas charmant d'avoir une petite femme ?

— Une petite nièce ! riposta Bréhat, souriant.

— Des petits enfants !

— Des petits neveux !

— Non, monsieur, une petite femme... à soi, et des petits enfants... à soi... pas des petits neveux ! Ils grandissent, les petits neveux ; ils s'embarquent ! on les voit tous les douze ans... C'est trop peu !

— Ce bon oncle ! fit Bréhat, se levant, et après

quelques questions sur les *cactus* dont le notaire
avait une collection superbe, prétextant l'odeur
des plantes qui le gênait, il sortit.

Une heure après, Boulard avait rejoint son
neveu sur un petit monticule ombreux élevé au
fond du jardin, le long de la route et qu'il appelait sa *sautée*. Le notaire passait là de longues
heures, assis sur le banc, invisible aux passants,
surprenant parfois ainsi des conversations amusantes, ou bien, accoudé sur le mur, saluant les
voitures et faisant la causette avec les piétons.

Ce soir, il passait peu de monde et maître Boulard, tout à ses pensées, se bornait à soulever son
chapeau au bonjour cordial de ses administrés.
Tout en fredonnant un vieil air, de temps en
temps, il regardait en dessous son neveu allon-
gé sur le banc, guettant le moment où un regard
du commandant lui permettrait de reprendre la
conversation ; mais Bréhat ne paraissait pas en
veine d'expansion. A la fin, pourtant, il se leva et
vint s'accouder près de son oncle.

— La belle soirée ! fit-il ; et ce fut tout...

Boulard ne trouva rien d'intéressant à répondre et tous les deux restèrent silencieux. Un
bruit de voitures les secoua un peu.

— Les Gourieux, dit l'oncle en voyant, au

détour de la route, le *duc* où le premier adjoint,
sa femme et leur fils trônaient majestueuse-
ment, tous trois blonds, rouges et gras. Des
*bonsoir* cordiaux, avec gestes et sourires, se
croisèrent et le silence recommença, plus gênant.

— Mon premier adjoint... C'est lui qui fait
toute la besogne...

— Ont-ils l'air assez bien portants et contents
d'eux, riposta Bréhat, pour dire quelque chose
et il se mit à descendre le petit sentier en coli-
maçon pour regagner la maison. On n'y voyait
presque plus dans les massifs de lilas et de fu-
sains ; Boulard se sentit plus à l'aise et hâtant
le pas pour rejoindre son neveu :

— Le mariage ! insinua-t-il... Le mariage ! Il
n'y a rien de tel ! Cet imbécile de Gourieux vit
chez lui comme un coq en pâte... Le mariage !..
C'est-à-dire que c'est le paradis sur terre !

Ils étaient sortis des bosquets, en plein clair
de lune maintenant ; Bréhat se détourna et allant
droit au notaire et lui prenant le bras :

— Eh bien ! mais, mon oncle, il est toujours
temps !

Il souriait franchement du regard et de la
voix ; Boulard s'arrêta, surpris :

— Parfaitement, mon garçon ; il n'est jamais
trop tard.

Ses yeux interrogeaient, inquiets :

— Mariez-vous, fit le commandant, et comme
pour adoucir le choc, il passa gentiment son bras
autour du cou de son oncle, qui ne put s'empêcher de rire, en maugréant :

— Farceur ! va !

Il était neuf heures. Bréhat, un peu fatigué
du voyage, voulut monter dans sa chambre.
Boulard l'accompagna pour voir si rien ne lui
manquait, et, comme tout était en ordre, il allait
se retirer, après avoir souhaité le bonsoir à son
cher neveu, quand celui-ci, confortablement al-
longé dans un grand fauteuil, le rappela, en
riant :

— Tiens, mais, au fait, j'y pense, pourquoi ne
vous êtes-vous pas marié, vous ?

Boulard referma la porte, s'avança un fauteuil,
s'assit et enchanté de reprendre la conversation
sur un pareil sujet :

— Oh ! moi, tu comprends, j'étais notaire.

— Oui, c'est assez d'un ridicule.

— Mais, je n'ai pas dit cela, gamin ! mais tu
me fais dire des choses... Je n'ai pas dit cela, en-
tends-tu !

— Eh bien, moi, je suis marin ; c'est assez
d'un danger !

— D'un danger! Tu te figures donc que toutes
les femmes ressemblent à ta... Comment s'appelait cette femme dont tu m'as raconté l'histoire... à mots couverts... car tu es d'une discré-
tion !...

— Madeleine ! fit gravement Bréhat.

— Alors tu y penses toujours à ta... Madeleine !

— Toujours !

— Depuis vingt ans.

— Depuis vingt ans !

— Et tu l'aimes toujours ?

— Ah ! ça, non, par exemple ! Il y a vingt ans
que je ne l'aime plus, mais ce premier amour a
laissé dans mon cœur une amertume que rien
n'atténuera. J'ai eu le malheur de l'aimer à un
âge où l'on se donne tout entier.

— Tu avais vingt ans !

— J'ai eu le bonheur de ne pas l'épouser.
Oui, le bonheur, car, sachant ce qu'elle est devenue, je dois m'estimer très heureux qu'un autre ait eu la préférence. En fait d'amour et de
mariage, je désire en rester là. L'amour, c'est
très joli dans les romans spiritualistes. Quant

u mariage, c'est comme la pluie ; lorsqu'on est enfermé, dans sa chambre, auprès d'un bon feu, rien n'est plus drôle que de regarder tomber la pluie sur le dos des autres. Mon oncle, je regarde, mais je ne veux pas être mouillé.

— Grand sceptique, va ! Alors elle a mal tourné, ta Madeleine ?

— Ah ! mon pauvre oncle ! Si vous saviez ! Sa maison, à Paris, est la succursale de la Société des gens de lettres, la salle d'asile des nourrissons de la Muse, l'hospice des infirmes et l'hôpital des invalides de la littérature. Tout ce qui n'a pas un nom dans les Arts se donne rendez-vous chez elle ; c'est chez elle qu'on rencontre ceux qui ne sont pas arrivés et ceux qui n'arriveront jamais : les sexagénaires à tête sentimentale qui ont fait un volume de vers dans leur enfance, les jeunes gens taciturnes, prédestinés à la représentation tardive d'une tragédie en cinq actes, à l'Odéon, les fondateurs de Concours poétiques, les professeurs d'espagnol en vingt leçons, les rédacteurs de journaux de Modes et les *Chronigueuses* de la Parfumerie ! A ce personnel, déjà respectable, ajoutez la cohorte des vieux sculpteurs à grande barbe, des petits pianistes à longs cheveux, des jolis peintres pour dames, des *prime*

*donne* de la Scala de Milan et des forts ténors de
l'Opéra populaire. Au milieu de toutes ces nul-
lités pompeuses, dont elle est la Providence à
tous égards, trône la belle Madeleine que le Saint-
Père a faite comtesse et que les Parisiens ont
surnommée : *Gendelettre* !

— *Gendelettre* ! fit Boulard que l'animation de
son neveu amusait.

— Le mot est de Louis Veuillot, je crois. Un
*gendelettre* est un homme de lettres sans talent,
et comme la comtesse les protège...

— Je comprends le surnom.

— Et je vous assure, mon oncle, qu'il est
mérité. La dame a toujours quelque poète en
nourrice ou quelque musicien en apprentis-
sage.

— Et le mari ?

— Le mari !...

Une fois lancé, Pierre ne s'arrêtait plus. Le
mari était mort! C'était ce qu'il avait eu de mieux
à faire, le pauvre homme! en laissant à sa femme
une fortune considérable et des intérêts dans de
grandes affaires. *Elle* était très dévote alors et
le Saint-Père la fit comtesse romaine en récompense de quelques services rendus à l'Eglise,
services d'argent, bien entendu. Entichée de

la nouvelle noblesse, elle était venue à Paris
et parvint, non sans peines, d'ailleurs, à se faire
entrebâiller quelques portes du faubourg Saint-
Germain, le monde où l'on s'ennuie. La comtesse ne tarda pas à s'y ennuyer et même
à s'y rendre impossible, à la suite d'une histoire
avec un prélat... romain, aussi, lui ! Elle partit
alors pour le faubourg Saint-Honoré, le monde
où l'on s'amuse. La comtesse s'y amusa quelque temps, mais tout lasse ; les financiers ne
sont pas éternels. Bref, nouveau départ pour les
Champs-Elysées, le quartier de l'Etoile, le monde
où l'on s'abuse. Elle y est restée un peu plus
longtemps, mais les jeunes filles font du tort aux
femmes dans ce monde-là... le Nouveau-Monde !
Alors la comtesse prit bravement le chemin de
Montmartre et s'arrêta rue de Boulogne, en plein
quartier des gens de lettres et des artistes, le
monde où l'on travaille.

— Et, ma foi, dit en riant Bréhat que son
oncle écoutait avidement, la comtesse a travaillé ! Elle a fait de la musique avec les uns, de la
sculpture avec les autres, de la peinture avec
celui-ci, des vers avec celui-là ! Seulement, elle
a une préférence fâcheuse pour les beaux hommes qui n'ont pas de talent... Le mari, mon

oncle ! quand je pense que j'aurais pu être ce mari-là ! Brr !

— Oh ! mais toi, tu n'aurais pas accepté !... Et puis, il est mort !...

— Eh bien ! moi, je vais dormir tranquille, et j'aime mieux ça !

— Bah ! conclut Boulard : toutes les femmes ne sont pas si... lettrées !...

Il serra bien fort la main de son neveu, et sortit. En entrant dans sa chambre, il souriait et se frottait les mains :

— Maintenant il ne s'agit que de lui en trouver une bonne ; ce garçon a la vocation du mariage !...

# III

A villa des Roses flamboie. La salle à manger, les deux salons, le fumoir et la serre étincellent à la clarté des bougies. Dans le jardin, à tous les arbres pendent des lanternes éclatantes ; le long des bordures de lierre luisent des verres de couleur. Quelques

promeneurs attardés, sur la digue, regardent,
curieux, ce resplendissant *a giorno* que tamise
le vaporeux clair de lune de cette belle soirée
calme et tiède.

Le dîner s'est prolongé fort tard, non sans
avoir monté très haut la gaîté des convives, six
hommes et quatre femmes, nombre parfait qu'il
faut atteindre et ne jamais dépasser si l'on veut
manger spirituellement : c'est la théorie de la
comtesse.

Les hommes :

Jacques Brunel, un jeune romancier n'ayant
rien publié encore, mais de beaucoup d'avenir ;
trente-cinq ans, n'en paraissant guère plus de
vingt-huit ; les yeux bleus, les cils noirs, les cheveux blonds, les lèvres roses, mais tout cela un
peu artificiel ; très aimable avec les hommes,
très galant avec les femmes, mais envieux, di-
saient ceux-là, se suffisant à lui-même, suivant
l'opinion de celles-ci. On lui avait même fabriqué
ce blason, armes parlantes : D'argent, à la main
de carnation, avec cette devise : *Moi seul et c'est
assez* !

Jean Dufour, un petit, brun de peau, roux de
cheveux, tout frisé, avec des yeux verts qu'on ne
voit que par leur éclat ; une large bouche sans

lèvres, ouverte comme une plaie sèche sur des dents très pointues et très blanches ; maigre avec de longs bras et de longues mains osseuses, pas très propres. Un jeune poète de beaucoup de talent, vingt-cinq ans ; piochant ses rimes sur des sonnets qu'il refait à perpétuité ; n'ayant rien publié encore, par cette raison que, quand on est arrivé, on regrette toujours ses œuvres de jeunesse.

Edgard Charil, un jeune philosophe qui fera parler de lui, mais, dans la philosophie, on arrive tard, et vingt ans, seulement ! Une tête de Christ brun ; une chevelure magnifique séparée en deux, ondulante tout autour du front ; une barbe très soignée, destinée surtout à faire valoir une bouche agréable et un cou d'une blancheur et d'un potelé appétissants ; de très belles mains, très soignées ; très correct des pieds à la tête ; passant ses journées à lire Herbert Spencer, en se faisant les ongles.

Le prince Itzkany, Grégoire de son petit nom ; une tête de faïence, enveloppée de filasse ; un bel homme bien portant, de vingt-cinq à trente ans. A l'entendre, Hongrois de vieille race et très riche, à preuve son prénom, son nom, son titre et sa grande vie de gentilhomme fainéant. A entendre les autres, il y avait à en rabattre, beaucoup même.

C'est par lui que Testard, qui l'avait connu dans un voyage à Paris, avait été introduit chez la comtesse. Testard était le fils d'un opulent armateur de Saint-Malo, enrichi dans la morue. Madame Testard, la mère, était morte en couches et le petit Jules, gâté par son père, s'était trouvé à sa majorité en possession de la fortune maternelle, puis, bientôt après, trois fois millionnaire, quand le vieux négociant rendit son âme à Dieu ! Depuis, Testard vivait à Paris, l'hiver et passait la saison des bains dans son pays natal. C'était un petit être sans couleur, terreux, veule, *blet*, suivant une expression du pays, n'ayant de considération que pour la noblesse, avec le regret de ne pas en être, mais nourrissant l'espoir de s'y frotter, un jour ; collectionnant les décorations comme d'autres les monnaies ; nul et vaniteux.

Le sixième personnage avait des allures étranges. Imaginez un vieillard de soixante-dix ans, légèrement boiteux, très humble d'attitude avec je ne sais quoi de fier dans le regard, rampant et cassant tout à la fois, écoutant presque comme un valet et parlant d'un ton de grand seigneur ;

le dos courbé, la tête droite. Le marquis de Kercozannet était le dernier rejeton d'une très vieille famille bretonne ruinée par la Révolution. Napoléon III en avait fait un député, d'abord ; puis, ne pouvant prendre parmi ses chambellans cet Asmodée du Finistère, il l'avait attaché, en qualité de chevalier d'honneur à la personne d'une princesse de sa famille. Après le bouleversement de 1870, à la mort de la princesse, le pauvre marquis, se voyant sans ressources, avait accepté l'hospitalité de la comtesse Dupuis Miron, dont il était le secrétaire et l'intendant. La chute était profonde; du moins, dans l'hôtel de la rue de Boulogne, le vieux Kercozannet trouvait la paix et une sorte de considération apparente qui lui avaient un peu manqué au service de la capricieuse et violente princesse Bonaparte. Pourtant il souffrait, surtout des promiscuités imposées par les fantaisies de la comtesse.

— Faire le ménage, passe encore, disait le marquis, mais la ménagerie, c'est dur !

Néanmoins, il se résignait : il fallait bien vivre et le vieux grand seigneur aimait à vivre bien. Il se dédommageait, le soir, dans sa chambre, en écrivant l'histoire de sa famille, tout en

plaisantant, à part lui, les faux artistes, les prin-
ces de pacotille et même un peu les comtesses...
romaines !

Les femmes :

Baronne Herrmann, trente-cinq ans, très jolie
brune, veuve (?) d'un officier autrichien ; faisant
de la sculpture et de la politique ; très élégante,
sans excentricité autre que de s'habiller parfois
en homme.

Madame de Minteville, propriétaire et rédacteur
en chef de *La Gazette des Dames*, un journal de
modes très répandu. Une femme de cinquante
ans, peut-être très restaurée, teinte et peinte,
repeinte et reteinte, mais de manière à faire illusion le soir, surtout à la lumière du gaz. Signes
particuliers : un décolletage effréné, les cheveux
blonds, courts, frisés, et une mouche, à la pierre
infernale, à gauche et au-dessous de la lèvre
inférieure ; faisant la petite fille et posant pour
la correction des manières, malgré l'incorrection
de sa tenue.

Rafaella Menardi, une rousse passée au
henné, crépelée et coiffée à la Salomé ; un sourire pour figure, mieux que jolie avec de très
belles épaules. La Menardi, (de son vrai nom,
Joséphine Ménard), chanteuse, se destinant à la

carrière Italienne, après avoir caboliné, en province, sous un autre nom; présentée à Maurel,
pour être engagée aux Italiens et introduite chez
la comtesse, pour chanter à ses soirées, par du
Mirail de Bois-Trubert, le critique musical de *La
Gaule*. La comtesse, qui s'en était toquée à première vue, suivant son habitude, lui avait offert
de l'emmener passer l'été à sa villa de Paramé.

Enfin, la maîtresse de la maison : quarante-
deux ans, très élégante, très coquette, jeune
encore et très sincèrement; avec de beaux cheveux noirs, très fins; un tantinet de poudre,
seulement, sur une peau restée presque éblouis-
sante; une bouche merveilleuse, de jolis doigts,
des ongles éclatants et vraiment grand air, bien
qu'elle ne fût qu'une toute petite bourgeoise;
mais, en donnant le titre, le Saint-Père, il faut
croire, y avait joint la manière de s'en servir et
puis, dans les choses de la religion, n'y a-t-il pas
des grâces d'état? Et la comtesse avait toutes
les grâces du sien. A part un brin d'excentricité
dans sa mise et l'abus des couleurs voyantes,
où le sang roturier et méridional se reconnais-
sait aisément, avec moins d'empressement vers
les hommes à qui son accueil souvent trop facile
pouvait sembler équivoque, si la comtesse avait

consenti à cacher un peu ses bas bleus, ses pin-
ceaux et son ébauchoir, elle eût été, quant aux
dehors, la plus élégante des femmes et, la titrant
ainsi, le Saint-Père n'eût fait que réparer une
injustice du sort.

Elle avait justement, ce soir, une robe du rose
le plus pâle, les épaules et les bras nus, et en
rentrant au salon, Itzkany s'était penché vers
elle, souriant :

— Cette robe est délicieuse, comtesse ! d'un
rose vraiment idéal !

— Cette pauvre comtesse ne saura jamais
s'habiller ! grogna M^me de Minteville à Charil
qui la quittait près de la cheminée.

— Admirable ! tout à fait ! soupira galamment
Brunel, tout en serrant très fort le bras de la
baronne et comme par protestation contre un
compliment obligatoire. Le plus joli, c'est qu'on
ne sait pas où la chair commence et où la robe
finit. Tout cela est d'un rose !

Et il accentuait la pression compensatrice.

— Laissez-nous donc tranquilles, mon cher,
riposta la baronne, et ne vous mettez pas en
frais de paroles et de gestes. Ne sait-on pas bien,
fit-elle plus bas, que vous ressemblez à ces
clients qui font remuer vingt pièces d'étoffes

qu'ils admirent et s'en vont... sans rien acheter!... Pas sérieux! laissez donc.

— Oh! baronne!

— Non, vraiment; allez vous faire un compliment devant votre glace, mon joli garçon.

Testard, dans une fenêtre, embrassait les poi-
gnets de la Menardi.

vieux Kercozannet racontait le combat des
Trente à Jean Dufour, qui cherchait le moyen
de le mettre en sonnets.

La soirée était si douce qu'on fit servir le café
sur la terrasse.

La comtesse, la tête enveloppée dans une
écharpe de dentelle blanche, s'était assise dans
un grand fauteuil de paille et regardait le ciel
et la mer. Tout cet azur si calme l'envahissait
peu à peu, au point qu'elle restait insensible
aux câlineries du bel Itzkany qui, de temps en
temps, revenait vers elle, essayant une galanterie, en pure perte.

— Vous êtes distraite, ce soir?

— Au contraire, je n'ai jamais suivi ma pensée avec plus d'attention.

— Il faut croire que je ne suis pas dans vos
pensées; je vous laisse.

Et il rejoignit les invités au jardin. Seuls,

Testard et Rafaella restaient blottis dans leur embrasure, se rapprochant l'un de l'autre, peu à peu.

Dufour récitait un sonnet dans un rayon de lune ; ses yeux scintillaient pareils à des gemmes où rebondit la lumière, sa bouche s'ouvrait sur la blancheur de ses dents, sa peau semblait phosphorescente et ses cheveux avaient comme des mouvements onduleux. Il levait les bras, très haut, en gestes symétriques, les arrondissant, parfois les posant sur sa tête ou les jetant devant lui. C'était grotesque, gênant, mais cela devenait fascinant, à la fin.

M^me de Minteville était pendue aux lèvres du poète, soupirant sa dernière rime, exténué :

— Vous me les donnerez pour ma Revue ?

— Jamais ! vous savez que je n'imprime rien.

— C'est dommage qu'il ne soit pas propre ! disait la baronne à Itzkany.

— C'est son chic ! si vous le laviez, il n'y aurait plus personne !

— C'est égal ! Je comprends que la comtesse vous ait pris, après. Au savon de Marseille ! Car vous êtes de Marseille, mon cher !

— Je suis né à Szegedin, baronne.

— Depuis qu'on y a brûlé les registres de l'état civil, mon prince !

— Je vous assure...

— Oh ! pas avec moi ! Vous êtes de Marseille, monsieur Leprince.

— Et vous de la police, baronne.

— Ça vous fait peur ?

— Moi ? tiens !

Et saisissant la baronne à bras le corps, Itzkany la baisa sur les lèvres, violemment.

— On embrasse bien, tout de même, dans votre Hongrie ! fit-elle en se dégageant.

— Est-ce que le feu baron n'était pas autrichien ? dit Itzkany, la toisant d'un regard narquois.

Ils tournèrent dans une allée sombre.

Brunel se promenait, seul, sur la digue, devant la porte de la villa ; M<sup>me</sup> de Minteville s'était emparée du bras de Charil et se faisait traîner, lui parlant d'Herbert Spencer et lui demandant un article pour sa Revue :

— C'est peut-être bien sérieux pour un journal de Dames, insinuait le philosophe. Croyez-vous que je sois compris ?

— Dans un journal quelconque, fit sentencieusement la vieille dame, il est bon qu'il pa-

raisse de temps à autre des articles qu'on ne
comprend pas ; ça pose !

— Oui, mais dans la *Gazette*, je trouve qu'il
y en a trop souvent, et alors ça indispose.

Le philosophe cligna doucement des yeux,
heureux de son mot; mais comme M^me de Minteville n'avait pas compris, il ajouta :

— Enfin ce sera comme vous voudrez, chère
madame. Je parlerai de sa *Psychologie* !

M^me de Minteville ne l'écoutait plus ; elle
avait pris une des mains du jeune homme et
semblait absorbée par une contemplation muette
de ses jolis ongles polis et nacrés dans les loisirs
de la philosophie.

— Comment faites-vous pour les avoir si
beaux ? on dirait de petites feuilles de roses !

Elle regardait effrontément Charil, comme
une jeune fille inconsciente qui vient de lâcher
une énormité. Le philosophe rougit et se hâta
vers une allée très éclairée, ne se sentant pas à
l'aise.

Le vieux marquis, assis dans un bosquet, avait
repris pour Dufour le récit du combat des
Trente, avec les prouesses de son aïeul.

Le poète tenait déjà trois rimes : *Beaumanoir*,
*noir*, *manoir* et cherchait la quatrième :

— Oh! *laminoir* !...

— Hein ? fit le marquis troublé.

— Rien, continuez, je vous prie ; j'écoute.
Kercozannet continua.

— C'est égal, pensait le poète ; *laminoir* est
bien moderne ; ce sera dur !... tant mieux !
bonne étude !

Le marquis, ayant terminé sa bataille, restait
là rêveur, songeant aux anciennes splendeurs
de sa race, hélas ! tellement déchue. Dufour
avait trouvé un vers et le ruminait silencieusement.

Il y avait un grand silence dans le jardin et
la comtesse suivait délicieusement son rêve dans
cette paix tiède et parfumée de la nuit. Sa poitrine se soulevait en de longs soupirs dè soulagement ; elle semblait respirer à l'aise, comme
échappant enfin à l'oppression d'une atmosphère pesante ; ses yeux s'étaient fermés sous
l'hypnotisme du bleu, mais elle se sentait péné-
trée jusqu'au fond d'elle-même, envahie, satu-
rée d'azur. Elle n'avait pas senti pareille douceur
depuis un matin de son enfance, dans les fleurs,
la verdure, l'encens, le chant des cantiques, la
lueur des cierges, les flots de mousseline blanche, au jour de sa première communion...

Tout à coup, un baiser retentit dans le jardin, suivi, plus loin, de deux éclats de rire. La comtesse ouvrit les yeux, mal réveillée. Le bruit d'une chaise renversée dans le salon la fit tressaillir ; des pas et des rires couraient maintenant dans les allées ; elle se leva, frissonnante et pendant qu'elle se tenait debout sur la terrasse, encore incertaine, des soupirs étouffés lui vinrent du salon !

— Ah ! fit-elle, avec un geste de dégoût, les mains en avant, comme pour se défendre, et des sanglots montèrent à sa gorge...

Elle s'enfuit et toute en larmes, courut s'enfermer dans sa chambre.

Minuit. Testard et la baronne ont regagné le *Grand Hôtel* ; le prince Itzkany, après une tentative inutile devant la porte de la comtesse, a rejoint Charil, Dufour et Brunel, ses hôtes, à *Castel-Dour*. Le vieux marquis, Mᵐᵉ de Minteville et la chanteuse sont enfermés dans leurs chambres.

La comtesse est seule. Elle a renvoyé Justine qui a frappé pour la déshabiller. Etendue sur

une *rocking-chair*, dans le clair-obscur de son
boudoir dont les portes-fenêtres s'ouvrent sur
un grand balcon, elle suit, sûre désormais de
n'être plus troublée, son joli rêve azuré.

C'est le soir, maintenant ; elle se voit dans la
salle de la maison paternelle, à Toulon. Toute
la famille est là pour la grande fête de la communion ; le père, un petit médecin de la marine,
humble et laborieux ; la mère, une cousine qu'il
a épousée, ayant pris femme au plus près, faute
de temps à perdre pour chercher ailleurs ; le
grand-père, quartier-maître, et sa femme, une
Bretonne ramenée de Brest et qui avait gardé
les coiffes ; et les oncles et les tantes, braves
gens de petit négoce, honnêtes et vulgaires,
et l'oncle d'Amérique, un capitaine au long
cours qui avait fait une énorme fortune là-bas
mais qui n'en était pas moins chiche ; le seul qui
ne lui eût pas offert un souvenir ; il est vrai que
ce n'était pas un dévot, le capitaine Prinsac !

Puis le décor changeait. On était à Brest ;
la mère était morte, pauvre Mᵐᵉ Féréol ! sans
même quelques années de bonheur, si faciles
désormais avec la grosse fortune laissée par le
vieil oncle Prinsac, qui avait déshérité *tous les
autres* au profit du médecin principal de Brest ;

car le père devenait un personnage. C'étaient
les promenades en rade, dans le canot des In-
génieurs, suivie de sa gouvernante anglaise; la
musique sous les vieux arbres du Cours; les bals
à la Préfecture. Et parmi tous les uniformes,
un homme se détachait tout à coup, plus bril-
lant, plus empressé, plus beau que tous, aimé,
bien aimé! l'enseigne Pierre de Bréhat! Oh!
cette valse pendant laquelle elle avait entendu,
pour la première fois, et dans quel trouble, le
premier aveu d'amour! il lui semblait qu'elle
bourdonnait encore dans ses oreilles! Mais oui!
ce n'était pas une illusion! elle l'entendait bien
réellement, près d'elle!... plus lente seulement
et plus faible.

La comtesse d'un bond fut debout!

Non! ce n'était pas la valse! ce n'était pas
l'orchestre! mais une mélodie, pourtant, venait
à elle et combien douce dans la douceur de son
rêve éveillé! Elle s'approcha d'une fenêtre et
regarda.

En face d'elle, tout près du mur de son jardin
que son balcon atteignait presque, une petite
villa couverte de lierre; dans la muraille obs-
cure, une baie lumineuse, et, dans cette lumière
un jeune homme, devant un piano, jouant.

Ce qu'il jouait, c'était délicieux ; rien que la comtesse eût entendu déjà ; une sorte d'improvisation lente et douce ; on eût dit des confidences qui s'envolaient, pleines d'aveux tristes ; une rêverie d'un charme pénétrant, non point écourtée dans le moule des morceaux de salon, mais spontanée, sans souci des longueurs, sans fin.

La comtesse était sur le balcon, écoutant, ayant peur qu'il ne la vît, car la lune, par dessus la petite villa, l'éclairait, elle, en plein, dans son peignoir de peluche bleue, les cheveux dénoués et rejetés sur son dos ; mais le jeune homme ne voyait rien.

Cependant le rythme s'alanguissait ; de grands accords arpégés le coupaient de temps en temps ; la tête du jeune homme semblait s'incliner vers les touches, pesante, lasse ! De petites phrases courtes passaient ; des mélodies déjà entendues s'arrêtaient tout à coup sur une dissonance... un long accord qui se mourait ! Et puis plus rien ! Le grand silence de la nuit !

Alors la comtesse, penchée en avant, presque appuyée sur le mur, se redressa et, joignant les mains à la hauteur de sa bouche, fascinée, fit le geste d'un baiser ; puis inconsciente, les mains tendues, comme malgré elle, cria :

— Bravo !

Le jeune homme eut un sursaut, regarda un instant vers la villa des Roses, se leva, ferma la fenêtre, et la lumière disparut.

———

# IV

ENDREDI, c'est le jour du concert de musique classique au casino de Paramé : Bourdeau et son orchestre.

Le grand salon est plein; des groupes nombreux sont assis sous la marquise; quelques hommes, peu mélomanes, venus pour accom-

pagner leurs femmes ou leurs filles, se pro-
mènent sur la terrasse, insensibles aux bouffées mélodiques qui passent par intervalles. Au
pied de la digue, sur la plage, des familles
attendent la sortie pour serrer la main aux amis
de Saint-Malo ou de Saint-Servan. Assis devant
une cabine, le président Morambeau et sa femme
*espèrent* ces demoiselles qu'ils ont confiées pour
le concert aux Gourieux des Buffards.

— Le président ne supporte pas la musique !
En réalité, ils sont restés là par économie.

A la pointe de la petite jetée qui ferme la
plage à l'ouest, le marquis est debout braquant
d'énormes jumelles marines sur l'horizon ; et
tout là-bas, apparaissent à gauche, venant de
Saint-Malo, à pied, le long de la grève, maître
Boulard et le commandant de Bréhat.

Devant le *Grand Hôtel* quelques enfants
jouent, surveillés par des gouvernantes anglaises ou allemandes ; des nourrices traînent leurs
grands camails bruns sur le sable et le vent fait
voleter leurs larges rubans ponceaux ou écossais.

Une jeune fille vient de descendre l'escalier
de bois et s'arrête au pied, un moment hésitante.
Seize ans ; la peau d'un joli ton roux mat et
chaud ; les yeux bleus, frangés de cils noirs,

énormes, tenant tout le visage ; la bouche comme une toute petite fleur très rouge, et sur le dos un torrent de cheveux blonds. Et tout d'un coup, voilà qu'elle s'élance ; elle a reconnu le notaire qui vient d'aborder les Morambeau ; d'un bond elle est près d'eux, et, tendant une aumônière, rougissante et souriante :

— Pour les pauvres, s'il vous plaît ?

— La charmante fille ! dit Bréhat.

— Mademoiselle Yvonne d'Auffreville.

Boulard salue pendant que M<sup>me</sup> Morambeau s'assied, jetant un journal au président :

— Une quête ! ayons l'air de lire !

— Pour les pauvres, s'il vous plaît ? recommence Yvonne plus assurée.

Boulard sourit et d'un geste paternel touchant l'aumônière :

— Et l'autorisation de la mairie, mademoiselle ?

— Je vous la demande, monsieur le maire !

— Je vous l'accorde, avec mon offrande.

— Attendez, il faut savoir, avant.

— J'adopte vos pauvres de confiance, mademoiselle Yvonne.

— Non ! non ! je ne veux pas ; et puis, vous savez, on ne fait pas la quête tout de suite ; il y

a le petit boniment, d'abord et on ne donne que
si on a confiance. Je ris et cependant c'est triste;
j'ai bien pleuré, tout à l'heure.

M^me Morambeau hausse les épaules et bougonne :

— On ne s'en douterait guère !

Yvonne, elle, toute à ses pauvres, s'anime en
racontant sa petite histoire. C'est au bourg ; elle
en arrive ; une vilaine maison sale, et, dans un
coin, quatre petits bébés, sales aussi, mais jolis,
jolis ! quatre filles ! L'aînée a sept ans ! c'est la
maman ! ce n'est pas l'âge pourtant, et cependant
c'est comme ça ! Le père et la mère sont morts,
l'an passé ; la grand'mère vient de mourir. Les
petites n'ont plus qu'elle, la grande !

— Elle et moi ! reprend Yvonne, toute émue.
Moi, j'ai l'âge au moins !

Et à M^me Morambeau qui sourit, avec son
mouvement d'épaules habituel :

— Mais oui, madame ; j'ai seize ans et puis,
je suis riche; c'est-à-dire que je n'ai plus le
sou, je leur ai tout donné ; je vais écrire à
papa.

— Elle est charmante ! murmure Bréhat.

— Mais non, monsieur, fait bien vite la jeune
fille qui a entendu ; je ne suis pas charmante ;

j'essaie d'être bonne, voilà tout. Et puis, maman est morte : je sais mieux ce qu'on souffre !

Le bon notaire essuie une larme et se tournant vers son neveu, à mi-voix :

— Brave petit cœur ! Eh bien ? qu'en dis-tu, de celle-là ?

— Adorable ! mais, mon oncle, elles sont toutes comme ça, à seize ans.

— Sceptique !

Puis, revenant à Yvonne :

— Je vais leur faire donner un secours de la mairie. Comment s'appellent-elles ?

Mais la jeune fille ne le leur a pas demandé; elles demeurent dans une petite rue ; c'est tout ce qu'elle sait !

— Vous comprenez ! elles avaient faim ; voilà ce qui pressait.

M^me Morambeau propose de les faire inscrire au bureau de charité :

— On pourrait envoyer une personne sensée !

Yvonne a eu un petit mouvement de tête ; puis, vivement :

— Oui, madame ; mais les personnes sensées arrivent toujours en retard. Ça marche très lentement, les personnes sensées ; c'est pour cela que les petites folles, comme moi, sont quelquefois bonnes à quelque chose ; et, en attendant que Madame aille les voir, je crois que j'ai le temps de dire comme M. le curé : « Pour les pauvres, s'il vous plaît ? »

Yvonne tendait son aumônière.

— Impertinente, grommèle la présidente ; elle ne respecte rien !

— Voici mon offrande, dit le notaire.

Yvonne inscrit sur un petit carnet : *Monsieur Boulard, cinq francs*, et s'approche de madame Morambeau :

— Madame ?

— Vous m'excuserez, mademoiselle ; je fais mes charités à la paroisse.

— Je le regrette, madame.

Et allant au président :

— Monsieur ?

Le président s'est levé et fouille la poche de son gilet ; sa femme lui saisit le bras, et le faisant s'asseoir de force :

— Mon mari aussi, mademoiselle !

M. Morambeau est navré et montre à sa femme une pièce de cinquante centimes qu'il a enfin trouvée, avec un air piteux qui semble dire :

— Nous aurions bien pu donner dix sous.

— Est-ce qu'on la connaît ? fait la vieille dame.

Et comme le pauvre président, l'œil en l'air et la bouche en avant, piteux, indique Boulard qui a donné cinq francs, lui !

— C'est son métier de maire, bougonne la présidente. D'ailleurs il reprendra ses cinq francs dans la caisse de la commune.

— Pfou !

M^me Morambeau a pris la petite pièce et l'enferme dans son porte-monnaie, peu sûre de la fermeté de son mari.

Tout près d'eux, le marquis vient de s'asseoir, essayant les verres de sa jumelle; Yvonne est allée à lui :

— Pour les pauvres, s'il vous plaît ?

— Je ne donne jamais sur la rue !

Et sans regarder, le bonhomme continue son petit travail.

Yvonne est bien découragée ; par bonheur, Bréhat semble chercher dans son portefeuille ; elle l'aperçoit ; vite, elle est devant lui :

— Monsieur ?

— Tenez, mademoiselle, et vous me rendez bien heureux en me donnant l'occasion de m'associer à votre bonne action.

— Cent francs !

— Il n'y va pas de main morte ! grince madame Morambeau.

Yvonne est là, toute joyeuse :

— Oh ! monsieur, c'est gentil ce que vous faites là. Merci pour elles et merci pour moi.

— Le hasard vous devait une revanche, mademoiselle.

Bréhat regarde les Morambeau qui baissent le nez :

— Je suis heureux de m'être trouvé là pour vous la donner.

— Le hasard ? Dites donc la Providence.

— Le mot est trop jeune et trop joli pour moi. Dans la vie de ces enfants, si vous êtes la Providence, mademoiselle, je n'ose prétendre, moi, être plus que le hasard.

— Mon neveu ne croit pas à la Providence !

Boulard, le croyant, a dit cela comme il aurait chanté *O filii* ! le jour de Pâques, tant la générosité de Bréhat l'a mis en joie.

— Il faut le convertir, reprend Yvonne ; c'est toujours agréable de croire un peu au bon Dieu.

Le commandant salue.

— Je crois à ses anges, mademoiselle !

Yvonne, un peu déconcertée, prend le bras du notaire et l'entraîne à l'écart :

— Monsieur Boulard, donnez-moi donc un conseil pour ma souscription.

Bréhat, en relevant la tête, a vu le haussement d'épaules et le sourire de M^me Morambeau. La rougeur de la jeune fille et la joie de son oncle lui sont des témoins irrécusables qu'il vient d'être galant et, pour la galerie, qui sait ? ridicule. Un regret vague de ce qu'il a dit lui monte, avec un peu de honte et de colère, en regardant le couple présidentiel ; il se secoue, fait un pas en avant ; il ne sera pas dit qu'il restera là-dessous, intimidé ; il marche vers la présidente ; il se sent plein de rage ; il faut qu'il éclate.

— Vous avez été dure pour cette enfant, madame !

— On ne saurait vous adresser le même reproche, monsieur !

Et madame Morambeau, que son mari tire en vain par la manche, paraît prête à venger comme une offense personnelle l'empressement du commandant auprès d'Yvonne.

— Ce reproche, répond Bréhat, j'espère bien ne jamais le mériter ; je tiens trop à ma réputation de galant homme.

— Vous êtes effectivement fort galant !

— Comment l'entendez-vous ?

Madame Morambeau est debout, toute droite, livide et sèche, hargneuse :

— La charité vraiment méritoire est celle qui n'a pas de sexe !

— C'est la vôtre, à coup sûr, madame !

— Et je m'en flatte. L'argent que je donne aux pauvres...

— Pardon ! que vous ne donnez pas !...

— C'est à Dieu que je le prête... à Dieu qui me le rendra au centuple !

— C'est de l'usure, ça, madame ! vous devriez vous contenter de six pour cent !

— Vous pouvez plaisanter, monsieur !

— C'est égal, je ne suis pas fâché d'apprendre que me voilà inscrit, d'après votre taux d'inté-rêt, pour dix mille francs, sur le grand livre de la Dette Céleste. Est-ce plus sérieux que la Dette Turque, monsieur le président ?

— Pfou ! grommèle M. Morambeau !

— Comment, pfou ! s'écrie la présidente indi-gnée. Plus sérieux ! Pfou !... Pourquoi répondre avant d'avoir compris, toi ?

— Oh ! madame ! si on attendait toujours d'avoir compris pour répondre !

Et Bréhat s'incline profondément.

— Isidore !

Madame Morambeau a pris le bras de son mari et passe devant le commandant, braquant sur lui ses petits yeux chargés de menaces ; le pauvre président, sous l'étreinte de sa femme qui l'entraîne d'un pas inaccoutumé, souffle et geint et, dodelinant de la tête, accumule les *pfou* essoufflés !

Yvonne revenait avec M. Boulard :

— C'est cela, vous avez raison ! Maintenant je prends votre bras et je continue ma quête sous la protection de l'autorité.

— Parfaitement ! parfaitement !

— La mendicité est interdite dans toute l'étendue de la commune ! Et c'est vous qui avez pris l'arrêté, mon oncle ! fait Bréhat très heureux de s'être épanché.

— Bigre ! c'est vrai ! je me transgresse moi-même.

— Pour une fois, monsieur Boulard ?

— Non ! non ! vous allez prendre le bras de mon neveu... Tiens ! je ne vous l'ai pas nommé encore : Pierre de Bréhat, capitaine de frégate, qui vous offre l'abri de son pavillon ! Allons ! ton bras, à Mademoiselle, commandant ! A propos, mais miss Cécilia... je ne vois pas...

— *Miss* est sur la digue... une personne sensée ; aussi je vais plus vite qu'elle et puis, quand
il s'agit d'une bonne action...

— On se sert de ses ailes !

— Commandant, vous l'avez déjà dit !... Votre
bras et de ce côté, si vous voulez bien... Si
vous voyez *Miss* avant moi, monsieur Boulard...

— Je la rassurerai !...

— Oh ! *jémais inquiète ! Le inquiéteude jésait
du trôble dans le cone'stitiouch'ne !* Pour les
pauvres, s'il vous plaît !

Les voilà partis ! Boulard les suit de l'œil,
radieux et se frottant les mains.

— Peut-être un peu jeune ! Ah ! bah ! quand
il ne manquera plus que l'âge, je ne crois pas
que Pierre chicane pour quelques années en
moins. Cinq heures et demie ! je vais voir la
sortie du concert !...

A ce moment le marquis s'avançait vers lui,
souriant :

— Eh bien ! mon cher maître, vous ne me
reconnaissez pas ?

— Parfaitement ! parfaitement ! Monsieur ?...

— Le marquis de Kercozannet.

— La villa des Roses !... parfaitement ! parfaitement ! Au premier abord, je ne... Alors vous voilà dans le pays ?

— Mon Dieu ! oui, nous sommes arrivés avant hier et je regardais cette langue de terre...

— Qui s'avance dans la mer...

— Superbe ! splendide ! je suis fort amateur des beaux panoramas et comment appelez-vous cette langue ?...

— Le cap Fréhel.

— Superbe ! splendide !

— Et madame la comtesse, — vous permettrez cette indiscrétion au notaire — est-elle contente de son acquisition ?

— Enchantée, mon cher monsieur, comme d'habitude, jusqu'à la fin du mois. Vous pourrez remettre en vente pour la saison prochaine.

— Oh !... vous avez payé un peu cher.

— La comtesse voulait Paramé à toute force. Je suis venu, j'ai vu...

— Et vous m'avez vaincu, moyennant soixante-dix mille francs payés rubis sur l'ongle... C'est cher !

— Ce n'est pas trop cher ; il paraît que vous avez ici un pianiste de premier ordre. Il n'a été question que de cela au déjeuner... Alors, vous comprenez...

— Un pianiste! Qui donc ?... Et puis, ça mettrait ses morceaux dans les hauts prix... Un pianiste ?

— Justement la comtesse a besoin de renseignements à son sujet. Allons au devant d'elle; je vous présenterai.


Une foule sortait du casino. A gauche et à droite, deux courants s'étaient établis.

Tout un essaim de jolies Malouines s'échappe mais pas trop, sous la surveillance des parents; de jeunes Anglaises sautillent, chaperonnées par d'affreux petits *gentlemen* aux gilets trop courts ; le révérend M. Primrose, avec ses quatre filles, défile processionnellement au bras de son épouse ; une collection de vieux amateurs servannais discute les mouvements du quatuor de Beethoven, d'où il résulte que les artistes *se sont mis dedans* ; un avocat mélomane fredonne le motif de la *gavotte* de Steiger, le pianiste du Casino ; le sous-préfet de Saint-Malo, M. Dornand, pérore au bras du député Girault ; c'est le courant de gauche.

Victoire et Clémence Morambeau accourent radieuses, en tête du courant Paraméen;

M. Testard les a présentées à la comtesse qui a
été charmante. C'est l'avis aussi des Gourieux
des Buffards, absolument conquis par l'affabilité
de *cette dame qui paraît très comme il faut et
très instruite.* Elle a demandé le *jour* de madame des Buffards. Les Morambeau sont ravis;
la comtesse a dit à Victoire qu'elle espérait bien
avoir le plaisir de faire connaissance avec madame Morambeau. Voici les Grangalo, une dou-
zaine de moricauds et de moricaudes; les Falcimaigne, le père, la mère et Bernard, grands et
beaux; Savary et Briquart, bras dessus, bras
dessous, regardant effrontément les femmes;
Rigault avec ses gants, sa canne et son pardessus, et les Gaillard, couple insignifiant, qui ne
vaut que par la belle Jeanne, souriant à qui la
dévisage, et les Bernier avec Blanche, et M^me Cayron avec Lucy auxquelles la petite Heurteloup
s'est cramponnée. C'est encore, au milieu d'une
pension de jeunes Anglais, la jolie madame
Kissbabe, toute blonde à l'*auréoline*, avec sa
mignonne tête immobile de poupée vernie; et
derrière, l'écrasant de toute la supériorité de sa
beauté et de sa jeunesse, la belle madame Maudoit dans un flot de jeunes amies, toutes un peu
agitées par l'apparition dans la salle de concert

de l'étoile nouvelle, l'élégante comtesse Dupuis-Miron et de ses satellites, Rafaella, la baronne et madame de Minteville, avec l'escorte de l'étrange Dufour, du beau Charil, du joli Brunel, du prince éblouissant et du jeune Testard.

On s'arrête pour laisser passer les nouveaux venus et les dévisager tranquillement au passage.

La baronne Herrmann s'est presque jetée au cou de maître Boulard qu'elle a connu, l'année passée, pendant une saison, à Vichy ; c'est elle qui a voulu le présenter à la comtesse.

— Mon maire ? je crois bien !

Et la comtesse qui a pris le bras de Boulard marche, rayonnante, au milieu des saluts qu'on adresse au notaire Malouin.

Peu à peu, adroitement, après des questions générales sur la commune, ses ressources, ses besoins, ce qu'on pourrait faire pour ses pauvres, son extension depuis les constructions nouvelles, la comtesse vint à parler des villas et de leurs hôtes : elle avait aperçu Jane Hading et Saint-Germain.

— Madame Hading est à *Bagatelle* avec son mari ; monsieur Saint-Germain habite la villa *Cigale* avec sa famille. Nous avons beaucoup d'artistes; c'est le *Figaro* qui nous vaut cette clientèle; voici deux maisons à M. Périvier, bâties suivant les données de Michelet; M. Florian Pharaon et M. Giffard sont aussi propriétaires; madame Chaumont bâtit.

— Et près de moi, fit négligemment la comtesse... cette petite villa tapissée de lierres qui touche presque le mur de mon jardin.

— Près de la villa des Roses ?...

— Un monsieur qui joue du piano... c'est tout petit... à gauche, sur la digue aussi.

— Parfaitement ! parfaitement ! j'y suis. Le *chalet des Lianes*; à M. Georges Maubray.

— Un artiste ?

— Un jeune homme du pays. Quand je dis du pays, il est de Granville, je crois, mais il est fixé désormais à Paramé.

— Qu'est-ce que c'est que ce monsieur... Maubray ?

— Un sauvage ! il ne va chez personne et personne ne va chez lui.

— Jeune?

— Vingt et un ou vingt-deux ans.

— Riche ?

— Oui !

Flatté par l'intérêt que la comtesse semblait

prendre à ses moindres paroles, l'excellent
homme entamait, avec détails circonstanciés,
l'histoire de Georges Maubray.

C'était le fils d'un négociant Anglais établi à
Granville. A la mort de M. Maubray, il y a cinq
ans, madame Maubray était venue passer une
saison à Rochebonne avec son fils qui sortait
du collège. L'année suivante, ils revinrent ; le
pays leur avait plu.

— Cela ne m'étonne pas, fit la comtesse ; il
est charmant.

Boulard s'inclina, avec un sourire et reprit
son récit.

Au mois de septembre, madame Maubray mourait. C'est alors que Georges, qui avait un véritable culte pour sa mère, acheta le chalet qu'ils
habitaient et se fixa tout à fait à Rochebonne.
Maître Boulard n'était pas son notaire, c'était
maître Lenormand, mais, comme maire, il avait
eu quelques relations avec le jeune homme qui
était très charitable et lui donnait de l'argent
pour ses pauvres. M. le Curé en disait le plus
grand bien ; mais M. Maubray n'avait pas fait
de visites dans la société et cependant il y avait
bien une quinzaine de personnes à voir à Paramé. On le croyait misanthrope !

— Vous concevez, madame la comtesse, s'en-
terrer toute l'année, dans une petite maison au
bord de la mer ! Dans le bourg, on comprendrait
encore ! mais sur la digue ! Et passer ses journées tout seul...

— Seul.,. à deux ? fit étourdiment la comtesse.

— Non ! seul à seul, répliqua gravement
M. Boulard ; les gens du pays disent qu'il a
quelque chose là.

Il se tapait le front de l'index et du pouce.

— Chénier aussi avait quelque chose, là !

— Depuis quelque temps, il sort plus souvent. Il vient même un peu sur la plage. A dire
vrai, je le crois amoureux.

— De qui ? interrogea vivement la comtesse.

— Il ne m'a pas dit son secret.

La conversation tomba sur ce mot. Le notaire
avait tout dit et madame Dupuis-Miron se refaisait à elle-même, silencieusement, le récit de
M. Boulard.

Ils arrivèrent ainsi à la villa, et s'arrêtèrent
pour attendre les amis de la comtesse. Celle-ci
avait aperçu Georges Maubray accoudé sur le
mur de son jardin et paraissant suivre très

attentivement un groupe qui se dirigeait vers la villa des Roses.

Madame de Minteville et la baronne, qui marchaient à cent pas derrière la comtesse, avec les jeunes gens autour d'elles, avaient été abordées par Bréhat et Yvonne et les amenaient avec de grandes exclamations.

— Je crois bien, mademoiselle !

— Une bonne œuvre !

— Comtesse, savez-vous ? quatre petites orphelines qui meurent de faim !

— Je vais leur envoyer des gâteaux.

Mais voilà que, derrière Yvonne, la comtesse aperçoit soudain la tête pâle de Bréhat qui salue :

— Monsieur de Bréhat..., je crois ?...

— Madame !

— Vous connaissez mon neveu, madame la comtesse ?

L'interrogation de Boulard se perd dans les mouvements qui se font autour d'Yvonne et la comtesse troublée s'empresse, pour se remettre, de se joindre au cercle qui s'est formé. On cause des petites protégées de la jeune fille ; chacun lui remet son offrande.

Boulard rejoint son neveu :

— Ah ! ça, tu connais donc la comtesse ?

— La comtesse Dupuis-Miron ?

— Oui !

— Je crois bien ; la comtesse Gendelettre !

— Madeleine !! patatras ! Tiens ! allons-nous-en !

Et la comtesse, dont le regard semble fixé douloureusement sur Bréhat qui s'éloigne, détourne vivement la tête, et ses yeux, avec tristesse, avec douceur, vont se reposer sur Georges, toujours accoudé sur le mur de sa villa.

# V

La comtesse est distraite ; décidément l'air de Paramé porte à la rêverie. Elle ne mange pas et répond à peine par un vague sourire.

Heureusement Yvonne est gaie pour tous et, sans arrière-pensée, elle anime ce dîner que la

courtisanerie des hôtes eût fait morose par con-
descendance à l'humeur noire de la maîtresse
de maison !

Cette petite Yvonne ! quelle rencontre ! La
fille de ce cher comte ! un des habitués de la
rue de Boulogne, un ami de la comtesse ! Un
ami ? Je crois bien, un prétendant ; car il ne se
passe guère de saison qu'il ne décoche sa petite
demande en mariage. Mais la comtesse tient à
sa liberté, d'abord, et puis, dame ! le comte est
charmant, c'est vrai, mais un peu bien viveur,
homme de cheval enragé, joueur comme les
cartes ! Il passe même, depuis longtemps, pour
être à peu près au bout de son rouleau !

Ah ! le sournois ! qui cachait sa grande Yvonne ! On savait bien, vaguement, qu'il avait une
fille, une petite fille, au Sacré-Cœur, mais il ne
la montrait à personne ; à peine si quelques
amis l'avaient aperçu, avec elle, les jours de
sortie, au Bois, de bonne heure ou dans un
cabaret de second ordre, car il évitait, ces jours-
là, les endroits où l'on rencontre des camarades.
Enfin il la cachait, positivement !

— Comment ? seize ans, déjà ! cette chérie ! Et
la baronne se penchant à l'oreille de la comtesse :

— Il avait peur sans doute d'effrayer la belle-
mère !

Aux vacances, il la confiait à une gouvernante
anglaise, choisie par ces dames du Sacré-Cœur;
une personne âgée, sûre, et les envoya't passer la
saison à Paramé. L'année dernière, il était venu
quinze jours avec Yvonne, effort suprême de sa
paternité ! Cette année, il s'était fait tirer l'o-
reille pour relouer à Paramé, qui devenait à la
mode et un peu trop mondain, mais Yvonne
s'était tellement amusée, les autres années, qu'il
avait bien fallu céder. Il devait venir la rejoindre à la·fin d'août; il était maintenant aux eaux
en Suisse.

La baronne souriait ; elle racontait à son voisin que le comte avait emmené avec lui une
danseuse, une certaine Pigeonnette avec laquelle
il s'affichait outre mesure. Et dire qu'il avait
encore fait une demande, en juin, avant de partir !

Yvonne bavardait, mêlant ses souvenirs du
couvent à ceux des bains de mer, enchantée de
se trouver avec des amis de son père. Miss Cécilia, très jaune et très maigre, portant des lunettes
bleues sur des yeux invisibles qui devaient
regarder beaucoup et qui le faisaient impuné-

ent derrière cet abri, très digne et très froide,
n peu mécontente de cette brusque invitation
u'Yvonne avait voulu accepter, malgré ses
vis, un peu pincée, à cause de cela, commen-
ait seulement à se dérider parmi les plats. Miss
Cécilia n'avait qu'un défaut : elle était gour-
mande, et la comtesse possédait un chef de cui-
ine du plus grand talent. La glace devait se
ompre sur ce terrain ; au milieu du dîner, la
digne Anglaise ne regrettait plus d'être venue
et, vers la fin, elle se félicitait d'avoir cédé à la
volonté de mademoiselle Yvonne.

Drôle de petite fille ! pensaient les amis de la
comtesse. Tout le charme de la bonne éducation du couvent avec un brin de la fantaisie paternelle ! Un singulier mélange : la candeur
d'une petite nonne et les libres allures d'un bon
garçon ; une adorable façon, à elle, de tout dire,
avec un air exquis de ne rien comprendre ! Une
bouche, parfois, d'une effronterie, et des yeux
d'une innocence, toujours !

Après le dîner, comme il pleuvait, on ne put
pas sortir.

— Voilà le temps qui se met à faire des poli-
tesses à la mauvaise humeur de la comtesse, fit
la baronne.

— *Le ciel n'est pas plus pur que le fond de son cœur*, riposta Brunel.

Le marquis et Yvonne jouaient au billard. Une galerie s'était formée autour d'eux, et les jeunes gens souriaient aux gaucheries charmantes de la jeune fille, à ses poses désinvoltes, s'esclaffant de rire aux termes techniques de ce noble jeu que le vieux marquis prononçait en rougissant et qu'elle répétait vingt fois pour une, comme un enfant qui apprend. Et tous se poussaient le coude, dans la joie des doubles sens que leur corruption mettait à chaque mot.

Madame de Minteville, la baronne, Rafaella et *Miss* étaient assises, dans le boudoir, devant le plateau des liqueurs.

La comtesse, toujours sombre, restait debout près d'une fenêtre du salon et regardait tomber la pluie et luire, parmi les lierres, la baie lumineuse de la petite villa. On eût dit que, par une contemplation forcée de cette tache de lumière, elle voulait engourdir sa pensée et l'hypnotiser dans la douce rêverie nouvelle, bien loin des anciens souvenirs.

Oh ! ce Bréhat ! le retrouver après vingt ans ! lui qu'elle avait tant aimé, et qui n'avait pas su la prendre à son père quand elle s'était donnée

urtant. Oui, donnée ! s'échappant de la mai-
n, malgré la surveillance de son Anglaise, que
tte *Miss* venait encore lui rappeler ; ayant
rdu la tête au point d'aller chez lui... Oh ! dans
chambre de garçon, comme une fille ! Et cet
omme, quand il aurait fallu vraiment la proté-
r contre les durs refus de son père, ne sachant
s la poursuivre, la retrouver où on l'avait
chée et se laissant embarquer, exiler, pendant
u'elle... Oh !

Non ! il ne fallait plus penser à cela ! il ne fal-
it plus revoir cela, c'était assez de l'avoir vécu
ne fois ! Toute la tristesse de sa vie venait de
, sans doute ! De toutes ses fautes le vrai cou-
able, c'était lui ! ce Bréhat !

Et plus obstinément le regard de la comtesse
erchait à se perdre là-bas, dans les lierres, car
, seulement, étaient la lumière et la consola-
on.

Il semblait très bien, ce jeune homme. Elle avait
u le voir, un instant, quand Yvonne était accou-
ue vers elle sur la digue, avec ce Bréhat ! Etait-
e une illusion, mais il lui avait semblé que ses
eux ne quittaient pas Yvonne. M. Boulard
avait dit amoureux ; serait-ce de la jeune fille,
ar hasard ? Il ne manquerait plus que cela, par

exemple ! Cette petite... oh ! non ! on verra
bien ! ce serait trop fort... une gamine !

Il avait de longs cheveux châtains, bouclé
sur les yeux et sur le cou, qui, dans le soleil e
dans l'ombre, semblaient blonds ou bruns tou
à tour ; c'était très curieux. Oh ! mon Dieu ! de
traits fort ordinaires, mais point banals aussi;
des yeux très doux et si tristes; le front trè
large; la bouche un peu dédaigneuse; le mentor
tout petit. Une jolie tête à coiffer d'un bonnet
de page pour mettre dans quelque toile de Ma-
saccio.

Pourquoi la fenêtre ne s'ouvrait-elle pas? c
serait charmant de le voir encadré là, comme
sur fond d'or, avec cette lumière rasante !

Du moins, s'il jouait encore, comme l'autre
nuit ! Quelle adorable chanson pour bercer les
ennuis. Dire qu'un seul mur les sépare et qu'ils
sont si étrangers ! Etrangers ? non ! il y avait
entre eux je ne sais quel lien mystique. Elle
sentait que le hasard, seul, ne l'avait pas fait
venir là, près de lui. Ce jeune homme devait
avoir une influence sur sa vie ! Heureuse? Oh !
oui ! Mais alors pourquoi ne pas aller vers lui,
tout de suite ? Qui donc les réunira ? *Il ne va*
*chez personne et personne ne va chez lui !* Ce Bou-

rd ! elle espérait qu'il aurait pu le lui amener
voilà qu'il le connaît à peine ! Il faudra donc
'elle aille, elle-même ! Eh bien ! pourquoi
us? Avec ça, qu'un prétexte est si difficile à
ouver !... oh !... quelle idée !... oui ! c'est si
mple, comme cela !

La comtesse courait vers le billard :

— Yvonne, Yvonne ! mon enfant !

— Madame ?

— Savez-vous ce que je pensais ? car j'étais
vec vos petites orphelines, moi !

— Que vous êtes bonne, madame.

— Eh bien ! ma chérie, nous allons organi-
er un concert pour elles, un concert d'ama-
eurs ; nous chanterons, nous pianoterons, nous
irons des vers !

— Oh ! l'heureuse idée !

Et tous battaient des mains, ravis à la pensée
es répétitions si amusantes. La comtesse était
adieuse.

— Et maintenant, bonsoir ; je vais me cou-
her ; je suis fatiguée. Demain, à deux heures,
a première répétition.

# VI

Tous les jours, maintenant, on se réunissait.

La comtesse était allée voir le maire et avait obtenu l'autorisation d'organiser un concert au bénéfice des orphelines d'Yvonne. En sortant du Bois-Robert, elle avait rencontré Bréhat qui

entrait, et, se plaçant très décidément devant
lui, elle lui avait tendu la main et, comme le
commandant se bornait à saluer :

— Ne faites donc pas les gros yeux ! Somme
toute, c'est de moi que les reproches devraient
venir. Et puis, il y a vingt ans ! Pourquoi avez-
vous refusé de me prendre la main ?

— Le premier mouvement.

— Voulez-vous que nous recommencions par
le second. Le passé est le passé, n'est-ce pas ?

— Trépassé !

— Eh bien ! alors, donnez-moi la main !

— Non !

— Comme vous voudrez, mon cher !

Le marquis avait été expédié à Saint-Malo et
l'imprimerie Bazauge avait livré cinq cents billets ainsi libellés :

SOIRÉE VOCALE ET INSTRUMENTALE
*le 25 août 1884*
dans les salons de Madame la comtesse Dupuis-Miron.
(*Villa des Roses*).

*Prix du billet : Cinq francs.*
La soirée est donnée au bénéfice d'une famille pauvre).

On commençait à s'occuper du programme :

La baronne et la comtesse joueraient *Five o'
Clock*, une bluette pour deux femmes qu'elles
avaient déjà jouée à Paris. Rafaella chanterait
deux morceaux ; Jacques Brunel réciterait un
monologue, deux au besoin, si on voulait;
Dufour dirait quelques vers de lui ; Itzkany
chanterait ; Clémence et Victoire Morambeau
exécuteraient, avec leur mère, un morceau à six
mains ; le marquis, Testard et Charil seraient
commissaires.

C'était bien, mais pas encore suffisant. Madame Morambeau avait offert le concours du
professeur de chant de ses filles, M^lle Pitoisi, et
on avait accepté ; les Gourieux consultés garan-
tissaient le bon vouloir de l'organiste de la
cathédrale pour accompagner ; il n'y mettait
qu'une condition : il jouerait un solo de trombonne ; il était très fort sur cet instrument. Testard avait présenté à la comtesse un quatuor
d'amateurs servanais qui faisaient de la musique avec elle depuis quelques jours et qui donneraient un morceau avec joie.

Yvonne jouerait bien à deux pianos, mais
toute seule, jamais ; elle aurait trop peur.

— Un morceau à deux pianos, c'est une idée,
fit la comtesse ; j'y avais déjà pensé.

— Croyez-vous? insinua madame Morambeau ; nous avons déjà le morceau à six mains !

— Yvonne joue très bien, madame ; il faut qu'elle joue, et je lui trouverai un *partner*, dussé-je faire la partie, moi-même.

Le lendemain, après le déjeuner, la comtesse prit le bras de la baronne :

— Ma chère, nous allons placer des billets.

— Comme cela, non ; il faut une toilette de circonstance ; j'ai justement quelque chose de très joli pour ces occasions-là.

— Bah ! mettez un chapeau simplement, comme moi ; nous allons en voisines ; c'est à côté, là, chez ce jeune homme, le pianiste, vous savez...

— Chez le sauvage? Il ne nous recevra pas...

— Allons tout de même!

Quand ces dames arrivèrent devant la porte de la petite villa, Georges Maubray sortait.

— Ce sont des quêteuses, monsieur, fit la comtesse en souriant.

— Entrez, madame, répondit Georges, rougissant un peu et, montrant quelques chaises dans un petit bosquet :

— Veuillez vous asseoir, madame.

— Un moyen terme, pensa la baronne ; il ne nous met pas à la porte, mais il nous reçoit dans le jardin.

— Tout d'abord, monsieur, dit la comtesse qui s'installait comme pour un siège, j'ai des excuses à vous faire ; je suis la coupable qui vous a troublé l'autre nuit, mais aussi c'est de votre faute : si vous aviez moins de talent, j'aurais eu moins d'enthousiasme.

— Oh ! madame !

Et Georges rougit en baissant les yeux.

— De qui est cet *andante ?*

— De moi, madame.

— J'ai rarement entendu quelque chose de plus pénétrant.

La comtesse levait ses yeux qu'elle faisait très câlins vers le jeune homme.

— Voulez-vous me dire où je pourrais me le procurer ?

— Il n'est pas édité, madame.

— Oh ! j'en suis désolée !... Eh bien ! je vais être tout à fait indiscrète, mais tant pis, je me risque : voulez-vous me permettre de le copier?

— Il n'est pas écrit.

— Si je vous demandais de l'écrire pour moi.

— Oh ! madame... je ne sáis si j'en serais capable ; je joue d'instinct, mais...

— J'écrirai sous votre dictée !

— Ce serait donner à ma musique une importance qu'elle ne mérite pas... Je suis confus, madame ; voulez-vous que nous parlions de cette quête ?...

La comtesse eut une grimace de désappointement qui fit sourire la baronne :

— Un qui refuse le biberon ! il était pourtant bien offert !

Mais sans se déconcerter, la comtesse avait obéi au désir du jeune homme et parlait des orphelines. maintenant, si intéressantes, quatre !

— Vous pouvez m'inscrire pour dix billets, madame.

— Oh ! c'est plus que je ne demande... et moins ! Nous organisons un concert, au bénéfice de ces petites, et je venais réclamer l'appui de votre talent...

— Je ne joue jamais en public.

— Entre gens du monde, entre amateurs ?

— Je suis désolé, madame ; je ne puis.

— Oh ! monsieur, dit la baronne, ce n'est pas bien de se faire prier ainsi.

— Je regrette, bien vivement, mesdames, et je vous prie de m'inscrire pour vingt billets... alors.

— A cinq francs, monsieur ?

— Eh bien ! à cinq francs, madame ; c'est plus que le tarif ordinaire du pays, mais...

— C'est que nous espérions votre concours, monsieur.

Et Georges, tout en reconduisant ces dames vers la porte, remettait les cent francs à la comtesse, heureux, fut-ce à ce prix, d'échapper à une insistance qui le troublait.

— Yvonne et M. Boulard ! fit tout à coup la baronne qui sortait la première.

— Vous, chère baronne ! dit le maire en s'arrêtant à la porte de la villa des Lianes.

La comtesse eut un mouvement de joie.

— Ah ! monsieur Boulard, vous allez venir à la rescousse ; et vous aussi, ma petite Yvonne. Voici M. Maubray qui refuse de jouer au bénéfice de vos protégées.

— Comment ! vous, si charitable ! cria le maire, en tendant la main au jeune homme. Mais c'est qu'il en tremble déjà, ma parole !

Yvonne s'avançait à son tour :

— C'est pour une bonne œuvre, monsieur.

On vous l'a dit, ce sont mes protégées : c'est moi qui les ai découvertes. Je sais que vous jouez très bien ; tenez, je jouerai à quatre mains avec vous.

— Oh ! *shocking* ! soupira *Miss* qui s'était approchée.

Les insistances recommencèrent de plus belle. Georges était devenu très pâle et s'appuyait contre le mur.

— Eh bien ? fit la comtesse de sa voix la plus douce, en suivant des yeux le regard du jeune homme.

— Monsieur ? insista Yvonne avec une jolie petite moue interrogative de la bouche et des yeux.

— Puisque c'est pour vos pauvres, mademoiselle ! Et Georges acquiesça du geste, sans regarder, devenu très rouge, subitement.

— Merci, fit Yvonne.

— On répète chez moi, monsieur, tous les jours, de deux heures à cinq. A bientôt, n'est-ce pas ?

— A demain, madame.

La comtesse prit le bras de Boulard :

— Vous m'avez dit qu'il était amoureux, mais vous ne saviez pas de qui. Eh bien ! mon cher

monsieur, je puis vous le dire, moi. Votre sauvage est apprivoisé par cette petite.

— Yvonne, fit Boulard interloqué ! Croyez-
vous ! ce serait possible... Ah ! mon Dieu !... Je
vous laisse... je suis en retard, moi, pour aller
à l'étude... Cette petite qui m'a entraîné... Je
me dérange !... Au revoir, madame la comtesse... mon coupé m'attend sur la route...

Dans sa voiture, Boulard songeait :

— Il l'aime !... Eh bien !... mais, et Pierre ?...
Oh ! mais ! oh ! mais ! il faut veiller au grain !

— Il l'aime, pensait la comtesse. Nous verrons
bien !

VII

E furent quinze jours délicieux pour la comtesse.

Il avait été décidé que Georges jouerait avec Yvonne un *Duo villageois* pour harmonium et piano. Ce *Duo villageois* n'était, à l'origine, qu'une très jolie bluette pour le piano, à peine

fixée encore et que Georges avait fait entendre,
pressé de sollicitations.

— Il y a là de quoi faire un charmant morceau
pour piano et harmonium, avait dit la comtesse.
Il faut absolument que vous l'écriviez, je vous
aiderai et voilà votre *duo* avec Yvonne; n'est-ce
pas, ma chérie ?

Naturellement la jeune fille avait dit : Oui, et
le travail avait commencé.

— Vous viendrez le matin; nous serons plus
tranquilles.

La comtesse avait fait porter un piano et un
harmonium dans une pièce attenante à son
cabinet de toilette et qui devait être, plus tard,
installée en bibliothèque. C'était là que Georges
venait à neuf heures, chaque jour, et jusqu'à
midi, souvent seul avec madame Dupuis-Miron,
quelquefois en tiers avec Yvonne, tantôt devant
le piano ou l'harmonium, tantôt devant la table
couverte de papier à musique, il cherchait la
forme définitive de son *duo*.

Il avait dit vrai, son inexpérience musicale
était grande. Quoique de première force sur le
piano, faute d'avoir entendu, sans doute, les
véritables maîtres, il interprétait très médiocre-
ment les classiques et son jeu, même dans les

éblouissements de la difficulté prestigieusement
enlevée, gardait toujours quelque chose d'enfantin ; c'était un écolier jouant de la musique
apprise, avec de bons doigts mais sans style.
Une timidité excessive le paralysait encore ;
aussi quand, pour la première fois, il se fit
entendre dans une sonate de Beethoven, un
jeudi soir (le jour du quatuor et de la musique
classique à la villa des Roses), ce furent des
hochements de tête des amateurs servannais et
des sourires des amis de la comtesse.

— Province, ma chère ! fit la baronne. Ce
qu'il vous faudra de savou !

— Repassez dans six mois, baronne, et vous
verrez !. . .

— Comment la musique vient aux garçons !
avait ajouté la baronne en se penchant vers
Itzkany, et plus bas, avec un mauvais sourire :

— Défendez votre instrument, mon prince ;
nous sommes menacés de pianomanie.

Mais la comtesse avait la foi, et la foi ne se
discute pas. Pourtant s'il avait fallu donner ses
raisons, Madeleine n'eut été qu'à demi embar-
rassée. Sans parler de ce fameux *andante* surpris pendant la nuit et que Georges avait joué
en maître, et certes elle s'y connaissait ! l'autre

matin, se croyant seul, dans la bibliothèque, M. Maubray avait improvisé, pendant près d'une demi-heure et de la manière la plus exquise. Trop timide donc, tout simplement, et cela passerait avec l'habitude ; et puis, ayant travaillé sans conseils sérieux, n'ayant entendu que de médiocres professeurs de petite ville, il n'avait pu acquérir ce je ne sais quoi qui se révèle tout d'un coup, le jour où une émotion artistique puissante fait jaillir l'étincelle.

Or ce jour ne pouvait tarder pour Georges, un vrai musicien et qui donnait déjà sa mesure pour ceux qui savaient pressentir. Quand il aurait entendu Planté et Rubinstein, Georges serait un exécutant de premier ordre.

Comme compositeur, les mêmes qualités cachées se remarquaient sous les mêmes défauts apparents. Georges avait travaillé pendant quelques mois l'harmonie avec l'organiste de Saint-Servan, dont il avait bientôt épuisé la science et qui s'était galamment retiré devant son élève déjà aussi fort que lui. Puis il avait dévoré les gros volumes de Reicha et Catel et Bazin et Gevaert et Berlioz, sans avoir toutefois digéré suffisamment cette indigeste nourriture, s'essayant à écrire, avec des tâtonnements incroyables, des pièces où, à côté de phrases d'une réelle valeur, un connaisseur pouvait remarquer de lourdes âneries, des bévues, amplement rachetées soudain par de véritables trouvailles. Son plus grand plaisir, d'ailleurs, était dans l'improvisation; là, nullement préoccupé par le souci matériel de l'écriture, le jeune homme se laissait aller à ses pensées que ses doigts interprétaient fidèlement; et la comtesse avait raison, en cela Georges se révélait un artiste. Il était, en un mot et dans toute l'acception de ce mot, ce que les Italiens appellent un *orecchiante*.

La comtesse, elle, était vraiment une bonne musicienne et, parmi les nombreux talents qu'elle affectait, celui-là était le plus réel, le seul sérieux. Le petit volume de vers qu'elle avait fait imprimer luxueusement et à petit nombre, chez Claye, *Les Ailes Bleues*! était, suivant l'expression malicieuse d'un ami, un véritable livre de chevet, en ce sens qu'il semblait le produit de collaborations successives auprès de la lampe de nuit. C'était le règne de la Poésie alors et on savait les poètes qui avaient ainsi payé l'hospitalité reçue. Puis, était venue l'époque des peintres qui, non moins galants que leurs devanciers, avaient appris à la comtesse le grand art de signer et d'exposer

des toiles corrigées par les amis; et on corri-
geait beaucoup, rue de Boulogne. On ne citait
qu'un seul sculpteur dans un interrègne; aussi
l'ère de la sculpture avait été courte et signalée
seulement par quelques œuvres qu'un praticien
complaisant avait mises au point et dont les
marbres ornaient l'atelier à Paris.

La comtesse avait fait beaucoup de musique
avec un vieux compositeur italien, échoué à
Paris et qui près d'elle avait la fonction de répétiteur, car à cette époque, et ce fut la liaison la
plus longue, le *maître* était un ténor quasi célèbre qu'une princesse polonaise sut bientôt con-
fisquer à son profit. Alors était venu le tour
du roman, de la critique et de la philosophie, et
les Lettres avaient complétement détrôné les
Arts; mais le vieux compositeur avait survécu
à la fugue du chanteur et c'était le seul qui eût
réellement fait une élève. La comtesse déchiffrait
à merveille et exécutait très proprement, sans
doigts, mais correctement, presque avec style.
Elle avait été, d'ailleurs, l'amie des dernières
années de Carafa, de Rossini, de Félicien David,
une abonnée fidèle des Italiens des grands jours;
elle avait sa loge à l'Opéra, suivait assidûment
les beaux concerts et on pouvait affirmer que,

parmi tous les arts que la comtesse avait culti-
vés par amour des artistes, la musique était le
seul auquel elle se fût adonnée par amour de
l'art.

Aussi, quelle n'était pas sa joie devant une
éducation à faire, selon le mot de la baronne.
Elle passait des heures entières à suivre les
progrès de l'écriture de Georges qui noircissait
beaucoup de papier pour arriver au bout d'une
phrase dont il fût pleinement satisfait; quand
la phrase était écrite, voulant voir l'effet, elle
s'asseyait au piano pendant que Georges se
mettait à l'harmonium et tous les deux répé-
taient vingt fois les mêmes mesures, cherchant
des variantes et des perfectionnements. Souvent
c'était elle qui disait à quel instrument confier
le chant et auquel l'accompagnement; elle indiquait quelquefois de jolies réponses que le jeune
homme n'avait pas trouvées et qui le char-
maient par leur imprévu. Ses conseils sur les
mouvements et les nuances étaient toujours
d'un goût parfait, et, pour des questions de mesure difficiles qui auraient tenu Georges de longues heures à chercher, elle avait des solutions
très simples et auxquelles il n'y avait rien à
répondre.

Enfin le morceau fut écrit et la comtesse, pour en faire la surprise au jeune homme, passa une nuit à copier les parties séparées. Le matin, quand il entra dans la bibliothèque, deux jolis cahiers recouverts de papier et noués de faveurs roses étaient placés sur les instruments. La comtesse souriait.

— Maintenant nous allons l'essayer, à nous deux, avant de le donner à cette petite.

Et quand le morceau fut achevé :

— C'est vraiment très bien, mon enfant.

— Grâce à vous, madame, sans qui je n'aurais certes pu en venir à bout.

— Il va maintenant falloir le faire piocher à Yvonne ; car il ne faut pas que vous soyez trahi.

— Mademoiselle d'Auffreville le jouera très bien, madame.

— Vous croyez ? fit la comtesse presque durement.

Cette confiance de Georges la blessait ; elle y voyait comme la preuve d'un amour qu'elle soupçonnait et dont cependant jusqu'à ce jour elle n'avait pu acquérir la certitude. Vainement avait-elle prononcé brusquement le nom d'Yvonne ; elle n'était même pas sûre que la rougeur de Georges signifiât quelque chose autre que de la timidité. Quelquefois elle avait espéré, par une moquerie lancée sur la jeune fille absente, que Georges s'emballerait à la défendre et qu'ainsi son secret lui échapperait. Georges, d'un mot très simple, avait témoigné qu'il ne s'associait pas à la pensée méchante et n'avait rien dit de plus. Un jour, la comtesse les avait laissés seuls et les avait guettés, et, seuls, ils s'étaient comportés comme devant elle ! Cependant un instinct lui disait qu'il y avait de l'amour entre ces deux êtres.

— Après tout, pensa la comtesse, ils s'aiment peut-être sans le savoir et je serais bien sotte de les mettre sur la voie. Elle naïve et lui timide, en supposant qu'ils s'en aperçoivent quelque jour, ils mettront du temps avant de se le dire ; si même il ose le lui dire jamais.

Un soir, par un admirable clair de lune, la baronne avait proposé une promenade à pied à la montagne Saint-Joseph. On était parti, joyeusement, après un dîner auquel la comtesse, en plus des hôtes habituels, avait retenu M<sup>lles</sup> d'Auffreville et Morambeau, *Miss* et M. Maubray. En route même, la bande s'était

accrue de M. Boulard qui, apercevant Yvonne,
avait décidé Bréhat à se mettre de la partie;
et, ma foi! le commandant, malgré le voisinage de la comtesse, ne s'était pas fait tirer
l'oreille.

— Symptôme ! avait pensé le bon notaire.

On allait gaîment, au milieu des rires, dans
le soulagement de cette douce lumière et de cette
tièdeur du soir après une chaude journée de
soleil. A peine si l'admirable point de vue cir-
culaire, sur le plateau de Saint-Joseph, arracha
quelques petits cris d'admiration aux jeunes
filles. *Miss*, seule, dont M. Boulard flattait les
manies par calcul, afin de se faire d'elle une
alliée, tomba littéralement en extase devant le
splendide panorama et se le fit expliquer par le
complaisant notaire: là, Saint-Servan, et la gare;
par dessus, au fond, Dinard; puis Saint-Malo;
au loin, le phare du cap Fréhel, le feu de la
pierre Dujardin ; ici, le casino avec ses fenêtres
éclairées, et Paramé enfin, et la mer, et la campagne !

— Vous pensez donc, mademoiselle, que
monsieur le comte arrivera bientôt à Paramé?

— *Beautiful indeed ! splendid ! Very poetical!*
Et *Miss* accumulait tous les adjectifs et toutes

les interjections de sa langue maternelle, sans
souci de la douce curiosité de M. Boulard.

En revenant, la comtesse, un peu lasse, avait
pris le bras de M. Maubray et sans rien dire,
tout à leurs pensées dans le charme de la nuit,
ils allaient lentement, précédés par les clameurs
et les bavardages de la bande. A un détour, ils
se trouvèrent seuls, derrière un rideau de hauts
peupliers dont la lune jetait les troncs, en travers du chemin qui montait, comme les barreaux
d'un escalier fantastique.

— C'est bizarre, fit la comtesse.

— Oui, dit Georges ; à la longue, cela donnerait le vertige.

Comme pour échapper à une obsession qui
la penchait vers le jeune homme dont elle sentait le bras trembler sous le sien, après un
silence qui lui parut plein d'angoisse pour tous
deux, la comtesse reprit, en s'efforçant d'élever
la voix :

— Eh bien ! dans huit jours, à pareille heure ?

— Oui ! quand j'y songe, il me semble que je
n'oserai pas, répondit Georges, presque balbutiant.

Et il disait ses craintes. Plus le jour approchait
et plus la peur le prenait, à la pensée de paraître

devant ce public... Quelquefois il lui semblait
qu'il ne pourrait jamais et que, le soir venu,
il s'en irait bien loin pour qu'on ne puisse pas
le trouver.

— Enfant! fit doucement la comtesse; j'espère
bien que vous ne nous jouerez pas un tour
pareil. Il n'en est pas moins vrai que voilà le
châtiment de cette vilaine vie solitaire. Tenez!
je vais vous dire tout ce que je pense; vous allez
me trouver indiscrète, peut-être, mais j'ai les
défauts de mes qualités : je suis très franche.
Depuis deux semaines, nous passons, tous les
jours, quelques heures ensemble; ce n'est sans
doute pas assez pour vous avoir donné un peu
de confiance en moi; cela a suffi, du moins, à me
faire prendre beaucoup d'amitié pour vous... Je
suis votre amie, mon cher monsieur Maubray;
n'en doutez pas.

Georges se taisait, baissant la tête, retenant
sa respiration qui haletait, sentant quelque
chose de brûlant lui venir parmi les paroles de
la comtesse. Celle-ci continua :

— Laissez-moi donc vous parler comme une
amie...

Il y avait une grande sincérité dans ce mot; le
jeune homme se sentit rassuré, mais un trouble

le reprit quand la comtesse ajouta, avec un sourire pas franc dans sa minauderie :

— Comme une vieille amie... voulez-vous? Il
y a longtemps que j'aurais voulu vous dire toute
ma pensée, mais avouez-le, vous n'êtes pas en-
courageant...

On était maintenant en pleine lumière ; le
silence recommença, plus gênant. Par bonheur,
Yvonne accourait vers la comtesse :

— Bonsoir, comtesse ; monsieur Boulard nous
reconduit... A demain, monsieur Georges ; nous
piocherons.

La folle enfant repartit. Ce fut comme un
coup de fouet pour la comtesse qui, d'une voix
plus animée, continua :

— On m'a beaucoup parlé de vous ici. On
s'étonne de votre existence mystérieuse, de ce
parti pris de fuir le monde. Vous n'avez pas
d'amis, vous n'allez nulle part... Savez-vous que
je suis très sensible à l'exception que vous avez
faite en ma faveur... Je sais bien que c'est pour
les pauvres, mais je veux croire que c'est un
peu... pour moi... Ce soir, vous avez dîné chez
moi... C'est grave, cela, monsieur Georges ! nous
avons rompu le pain ensemble ; nous sommes
liés désormais...

Et toujours avec ce sourire qui semblait peser plus lourdement sur les mots, elle ajouta :

— D'amitié !

Georges fit un effort pour répondre ; il avait peur de ce silence qui allait recommencer peut-être, s'il se taisait encore.

— En pouvait-il être autrement, madame ? Si bienveillamment vous m'avez tendu la main !

— Beaucoup de mains vous sont tendues ; vous ne les serrez pas toutes, et vous avez raison.

— Mon Dieu ! j'ai des idées bizarres sur ce qu'on appelle *le monde*. J'ai horreur de ses relations superficielles et de ses sympathies banales. Son indulgence me choque et sa cruauté me blesse. J'ai toujours eu comme une frayeur instinctive de ses demi-mots et de ses sous-entendus, de ses petites amitiés et de ses petites haines.

Se grisant de ses paroles, élevant la voix, comme les poltrons qui chantent dans l'obscurité pour se donner du courage, Georges expliquait cette antipathie :

Le monde ! tout y est compromis et nuancés. Les mots y changent de valeur selon la bouche qui les prononce ou l'oreille qui les entend.

Qu'irait-il y faire, lui, un timide et un absolu !
Il passerait, le chapeau sur la tête, devant les
idoles qu'on y adore et s'inclinerait très bas
devant les dieux qu'on y brise. Ce serait de mauvais goût ! A quoi bon ?

Et voilà que, marchant plus vite, ils causaient
maintenant comme de bons amis. La comtesse
avait repris sa voix naturelle. Certes, elle comprenait les répugnances de Georges, mais ce
monde dont il parlait, c'était le petit monde
étroit de la province où l'on vit de commérages,
afin de n'y pas mourir d'ennui. Elle connaissait
bien son idole, à ce monde ! on l'appelle *comme
il faut*. Elle avait vu tourner autour la bande
des beaux danseurs, des graves musiciens, des
aimables marguilliers et des galantes patron-
nesses ! Elle connaissait ses fêtes aussi : petites
soirées de famille où l'on fait pirouetter les cou-
sines, grandes soirées de musique avec le quatuor poussif et l'éternel morceau à six mains sur
un seul piano ! et les déjeuners d'homme chez
le procureur où l'on popote, et les dîners sérieux
chez le maire où l'on bâille, et les loteries pour
les pauvres, les ventes de charité, les comédies
de salon, les sermons de carême, bals à la sous-
préfecture, soupers chez le receveur des finan-

ces, messes militaires, etc. ! Ah ! certes, elle la
connaissait la vie de province ; aussi comprenait-
elle que M. Maubray en eût peur ; mais ce n'é-
tait pas le monde, cela ; c'était la *société*, comme
ils disent.

— Cette société, madame, répliqua Georges
très vivement, je n'en suis pas et je n'en veux
pas être.

— Je crois bien, il n'y a pas place pour vous
chez ces gens-là ! D'instinct vous les avez jugés,
et ce n'est pas tant l'homme que l'artiste qui
s'est senti pris d'hésitation à leur porte. Vous
avez vu qu'ils étaient méchants mais surtout
vous avez deviné qu'ils étaient bêtes. Pour leur
faire goûter un solo de flûte, il faut être au moins
substitut et l'on ne danse pas chez eux sur le
pied d'égalité, si on n'est pas quelque chose dans
la douane ou l'enregistrement.

— Je ne suis rien de tout cela, fit Georges,
presque souriant, heureux de la tournure que
prenait la conversation.

Ils descendaient le boulevard et la comtesse
semblait marcher moins vite, à mesure qu'ils
approchaient de la villa, comme désireuse de
prolonger l'entretien.

— Non ! rien de tout cela, fit-elle ; aussi, et

c'est ce que je voulais vous dire, votre place n'est pas ici. L'isolement dans lequel vous vivez vous amoindrirait bientôt et il vous est difficile d'en sortir, je le comprends.

Et s'arrêtant, comme pour donner plus d'importance à la phrase :

— Il faut venir à Paris.

La comtesse respirait plus à l'aise ; le grand mot était dit ; voilà longtemps qu'elle tournait autour.

Oui, Paris ! Là, seulement, dans un milieu digne de lui, le jeune artiste trouverait l'existence pour laquelle il était né. Ici, tout le retardait ; l'entourage était plutôt hostile et ce n'était qu'au prix d'efforts continus qu'on pouvait faire un pas en avant. Pas de livres ! pas de conseils ! Il avait fallu à Georges une intuition doublée d'une volonté peu commune pour arriver au point où il était. Mais le talent s'use dans une telle lutte. A Paris, il se fortifierait de toutes les facilités de travail, de l'abondance des documents, de l'échange des idées, de l'enseignement des maîtres et de la bienveillance générale dans cette admirable communion artistique du milieu parisien.

— Ah ! tenez, continua la comtesse avec une

chaleur croissante, ce serait mon rêve, ce serait
le bonheur de ma vie de prendre ce petit amateur inconnu, de l'emmener là-bas et d'en faire
un grand artiste.

Et comme Georges venait de quitter son bras
pour sonner à la porte de la villa, brusquement
lui mettant les deux mains sur les épaules et le
regardant au fond des yeux, la comtesse ajouta :

— Ce rêve, mon ami, voulez-vous me permettre de le réaliser ?

— J'ai peur de Paris, dit simplement Georges.

— Provincial, va !

Justine était venue ouvrir et comme personne
n'était encore rentré, madame Dupuis-Miron
pria Georges de lui tenir compagnie jusqu'à l'arrivée de ces dames.

— Nous les attendrons au jardin, si vous voulez ; vous pouvez monter, Justine : je me pas-
serai de vous, ce soir.

Ils marchaient dans le petit jardin dont les
allées semblaient toutes blanches, entre les bordures vert-foncé, presque noires, de lierre et les
rouges cordons de géraniums. Des bouffées de
parfums montaient des résédas, des héliotropes
et des citronnelles. Dans un angle du jardin, au
coin de la digue et de l'Allée des Réservoirs, s'é-

levait une sorte de terre-plein, ce que le notaire appelait une *sautée*. Ce petit monticule, au sommet duquel on parvenait par un sentier tournant, était entièrement fleuri de roses. Il y avait là, par un caprice du précédent propriétaire, une véritable forêt de rosiers, une collection à faire la joie de plusieurs amateurs : rosiers nains, rosiers à basses tiges, à hautes tiges, rosiers grimpants ; toutes les couleurs et toutes les nuances, depuis le blanc le plus pur jusqu'au rouge le plus sombre en passant par toutes les variétés du jaune. Bien qu'à ce moment de l'année ce bosquet de roses eût perdu beaucoup de ses fleurs, c'était encore un endroit charmant d'où la vue s'étendait sur la pleine mer et qu'emplissait le parfum capiteux de grosses roses jaunes toujours fleuries. Il y avait un banc à moitié recouvert par de petites roses rouges qui tapissaient les murs. Après quelques tours de jardin, Georges et la comtesse vinrent s'asseoir là.

— Nous les verrons venir, avait dit la comtesse, et puis cette belle marine lunaire vaut bien un regard de vos yeux, monsieur l'indifférent. Est-ce beau ? Voyons, daignerez-vous admirer ? Le compliment ne s'adressera qu'à Dieu !

Vous pouvez le faire ; c'est sans danger... avec
lui !

La comtesse riait d'un rire forcé ; elle s'était
assise, la tête renversée dans les roses ; Georges
était debout, les yeux plongés dans le ciel et
dans la mer, heureux de se sentir enveloppé
dans cette douce atmosphère bleuâtre, à travers
laquelle les objets et les sons lui semblaient
comme tamisés.

A le voir si tranquille, ravi dans son extase,
insensible, immobile, la comtesse sentait monter en elle une sourde irritation. Il ne devinait
donc rien, ce grand garçon ! il fallait donc tout
lui dire ! à moins que ce ne fût un jeu de se
faire prier ainsi ? Les plus simples ont quelquefois de ces malices-là. Mais non ! sans doute il
n'osait pas comprendre ! Grand sot, va ! à qui
les demi-mots ne suffisaient pas ! Elle avait
bien dit, certes : « Provincial ! » Il y aurait longtemps qu'un Parisien eût souri et, par des demi-
mots aussi, répondu. Il y a tant de façons de
dire *oui*, et même *non*, sans être grossier ou im-
poli. Il avait pourtant assez d'esprit pour en
trouver une, car ce silence extatique ne signifiait
rien.

*Non !* s'il allait dire *non !* Il lui semblait que

était impossible ; elle se sentait brûlante à la pensée d'entendre ce mot-là ! Elle n'avait plus vingt ans, certes ; mais combien de femmes de vingt ans ne la valaient pas ! Et puis vingt ans ! le beau mérite ! Quoi ! un peu plus de rose sur les joues et sur les lèvres ! et c'était tout. Quelque petite sotte, ignorante, sans charmes, une pensionnaire, comme Yvonne ; quelque provinciale, comme les *demoiselles* Morambeau ! tout au plus bonnes pour Testard, un imbécile ! Et Testard, cependant, si elle voulait, elle, à la façon dont il coquetait avec elle, encore un..., n'en déplaise à la Menardi, qu'elle aurait bientôt fait de mettre à ses pieds !

Et la longue file de ses adorateurs, fantastiquement, se déroulait devant la belle Madeleine, depuis Bréhat jusqu'au prince : le bon gros M. Dupuis-Miron qui lui avait apporté ses millions qu'elle avait épousés, contrainte ; monsignor Herzog, un tragédien juif converti et que le pape avait fait prélat romain à la suite d'un magnifique sermon à Saint-Louis des Français ; la comtesse s'en était vite dégoûtée : il avait trop de pauvres ! Le général Negro-Mendès, un Péruvien, bel homme, mais pas brave et dont les cheveux frisés avaient trop l'air d'être asti-

qués avec le même vernis que ses bottes ! Le
baron Gerbault, un financier, qui aurait voulu
même prendre la succession matrimoniale du
brave Dupuis-Miron ; c'est ce qui l'avait perdu
Merlin-Poirée, le ministre, qui avait une marchande de parfumerie dans sa petite ville et qui
arrivant à Paris, ne pouvait décemment plus se
commettre en si bas lieu, mais que bientôt la
chute du ministère avait rendu à sa petite ville
et à sa parfumeuse.     .

Ceux-là, avant la rue de Boulogne, et depuis
les gens de lettres et les artistes, au milieu desquels rayonnait la jolie tête brune du beau
ténor Scaldini. Le critique du *Mirail de Bois-*
trubert n'était pas le premier venu pourtant,
et Liebmann, le compositeur, dont tant de
grandes dames étaient folles ! d'autres encore !

Et tous ces hommes l'avaient adorée ! Rossini
avait une façon câline de lui dire : *contessina!*
qui valait toutes les déclarations du monde. Un
jour même, avec un soupir de regret, n'avait-il
pas ajouté : *Ma... ₍é ne souis plous qu'oune pau-*
*vre gourmand !* Carafa, le bon vieux Carafa, lui
serrait les mains avec tant de douce tendresse !
Un soir, chez la princesse Grezwska, l'abbé

rsch, l'illustre pianiste-compositeur, l'avait
baisée au front.

C'étaient des hommes, ceux-là ! Et ce petit
garçon de province, dont elle pouvait être la
bonne fée-marraine, auquel, en s'intéressant à lui,
elle donnerait le succès, la gloire, celui-là, seul,
passerait devant elle et la dédaignerait ! Est-ce
que c'était possible ? allons donc ! Elle était toujours la belle Madeleine, une vraie femme, elle ;
une grande dame, après tout ; une artiste ! Et
Georges s'inclinerait, comme les autres...

Comme les autres ! Non ! ce n'était pas ainsi
qu'elle l'aimait et qu'elle voulait être aimée de
lui. Elle se révoltait à la pensée qu'il y eût,
entre elle et lui, seulement ce qui avait été
entre elle et les autres. Non ! ce n'était plus la
même chose ; elle se sentait toute froide en songeant qu'on pût s'y méprendre. Comme les
autres ! non ! Jamais elle n'en avait aimé un
autre comme elle aimait celui-ci ! Bréhat peut-
être ? Pas même ! c'était Bréhat qui l'avait aimée,
et naïvement elle s'était donnée à son amour.
Mais qu'est-ce que cette tendresse innocente
d'alors auprès de la passion consciente d'aujour-
d'hui ? Il n'y avait eu rien qu'une coquetterie
de jeune fille, bientôt égarée par l'éveil des sens ;

c'était cela dont ce Bréhat avait abusé. Maintenant, il y avait toute l'expérience de la vie, toute
le calme des sens désabusés, avec toute l'ardeur
d'un cœur aimant et qui, pour la première fois
peut-être, trouvait un être vraiment digne d'être
aimé.

Aussi comme elle l'aimait, plus que tous les
autres et si différemment, ce jeune homme qui
l'avait prise par tout ce qu'il y avait de meilleur
en lui et en elle, qui lui mettait tant de regrets
dans l'âme, presque des remords du passé, avec
tant d'espérance pour l'avenir ! ce Georges, si
peu semblable aux autres et si cher à cause de
cela ! Il ne lui rappellerait personne ; elle pourrait aimer tout en lui, sans crainte d'un souvenir
mauvais ; ce serait comme une première fois !
Ce serait la première fois ! la vraie ! et ce serait
l'amour ! Est-ce qu'une jeune fille pourrait l'aimer comme cela ? Elle-même, avant cette heure,
aurait-elle pu aimer aussi entièrement ? Comme
une amie ! comme une sœur ! comme une mère !
comme une femme ayant tout cela en elle et
brûlant de le lui donner !... Tout... toute !

Voilà ce qu'il ne comprenait pas, ce qu'il
ne comprendrait jamais peut-être, faute d'avoir
vécu ; car il fallait avoir vécu, pour aimer comme

elle l'aimait et, sans doute aussi, pour désirer
d'être aimé de même. Et ce bonheur lui échapperait ainsi !

Ah ! si Georges avait seulement passé un
hiver à Paris ! Et il lui prenait une envie de le
jeter dans le feu de la grande vie, ne fût-ce que
pour éveiller ce cœur qui dormait si sottement
auprès d'elle.

La comtesse regardait le jeune homme, toujours perdu dans sa rêverie. Tout à coup, et
comme si elle continuait la conversation depuis
longtemps interrompue, elle reprit, avec une
hâte fébrile, arrachant presque violemment les
roses autour d'elle :

— Et puis, laissez-moi vous le dire, au milieu
de tous ces dons qui m'ont frappée, vous avez
laissé croître, comme l'ivraie parmi le blé, une
foule de préjugés bizarres dont il est temps de
vous débarrasser. Ils étoufferaient votre talent,
croyez-moi.

Georges se détourna ; il était maintenant
debout, en face de la comtesse ; la tête un peu
renversée en arrière, le visage entièrement
éclairé par la lune, les yeux à demi-clos, il écoutait.

— Vous avez une fausse idée de l'art, disait

la comtesse, et sa voix montait par saccades, pendant que, tout autour d'elle, nerveusement, elle effeuillait les petites roses rouges. Vous comprenez mal la vie de l'artiste. L'art n'est pas un de ces Dieux moroses qu'on adore dans le jeûne et dans la solitude, un de ces Eternels mesquins à la colère desquels on immole les désirs de son cœur, les rêves de son imagination, les ardeurs de sa nature. Ce n'est pas un vieillard farouche, qui veut des dévots austères. C'est l'Immortel souriant, amoureux des beaux rires et des chansons joyeuses. On l'aborde, la coupe en main, le front couronné de roses, dans l'épanouissement de la vie. Paris est sa Ville Sainte! ses fidèles sont les heureux de ce monde! son culte, c'est l'amour!

A voix très basse, sans ouvrir les yeux, Georges répondit :

— Vous vous trompez, madame. L'Art est le Tout-Puissant jaloux qui ne veut pas de partage. Il est beau comme le devoir, austère comme la vérité. Ce n'est pas en trébuchant dans le vin et dans les roses qu'on franchit le seuil de son temple, mais parmi le recueillement et le silence, la plume ou l'ébauchoir à la main. Partout où on l'adore, il est présent; ses fidèles ne sont pas

les heureux de ce monde, ils en sont les martyrs. Il ne s'appelle pas Orgie ; son nom est Chasteté !

— Qu'il est bon ! fit la comtesse irritée et
riant avec effort. Grand niais, va ! il a peur de
l'amour !

Et n'y tenant plus, elle lui jeta au visage une
poignée de roses. Georges frissonna !

— Moi !

— L'amour ! ils en ont fait un épouvantail à sa
vertu de bon jeune homme de province. Au nom
de je ne sais quelle morale étroite ou de quels
préceptes divins, ils ont faussé son esprit et
atrophié son cœur. Ils lui ont dit : Tu n'aimeras
pas ! comme si on avait le droit de dire à un
homme : Tu ne seras pas heureux !

— Heureux ! répliqua Georges, très froidement ; qui vous dit que je ne le suis pas ?

— Heureux ! vous ? Le bonheur est dans la
vie et vous ne vivez pas. Vous êtes de ces hommes dont il est écrit : Ils ont des yeux et ils
ne voient pas.

La comtesse avait mis toute son âme dans ces
paroles ; c'était comme un aveu tendre qui montait vers l'impassibilité du jeune homme.

Mais celui-ci, toujours calme, ouvrant enfin

les yeux et les tenant fixés vers un point du ciel
où brillait une étoile :

— Mes yeux sont éblouis de splendeurs si
hautes que rien ne peut les attirer en bas. J'habite un autre monde peut-être, mais j'y suis
bien vivant, je vous le dis. Tenez! l'autre soir,
j'étais assis devant mon piano, et, tout en regardant le ciel et la mer, instinctivement j'avais
posé les mains sur le clavier. Ce furent d'abord
quelques accords vagues, comme un écho des
bruits sourds du rivage ; puis une mélodie
sereine, à peine esquissée dans les basses et
montant peu à peu, avec une sorte d'ondulation
très lente ; puis un chant grave, d'une péné-
trante douceur. Soudain, parmi les rumeurs de
la brise et les frissons de la mer, se détachant,
claire et vibrante, sur la phrase musicale qui
s'élargissait toujours, une voix s'éleva, et, dans
un rythme mélodieux et sonore, cette voix
disait les enchantements de la nuit :

O plaintes de la brise, ô murmures des grèves,
Qui montez dans l'azur jusqu'aux sommets divins,
Ne pourrons-nous jamais, martyrs des désirs vains,
Vous suivre au Pays Bleu dont raffolent nos rêves ?

Ne pourrons-nous jamais, dans l'air silencieux,
Assouvir nos espoirs de calme et de mystère
Et désespérément las des bruits de la terre,
Goûter enfin la paix éternelle des cieux !

Et celui qui parlait, c'était moi. Je n'en avais pas conscience, tant se mêlaient harmonieusement aux voix de la nature, ces deux voix célestes, la Musique et la Poésie... A cette heure-là, madame, je vivais en moi... et au delà !... Je vivais et j'étais heureux !

Les yeux fixes et comme dilatés par l'extase, la bouche entr'ouverte, Georges se tut. De petits frissons passaient le long de son corps, et c'était le seul témoignage de la vie en lui. La comtesse l'avait écouté, dans une émotion croissante, peu à peu gagnée par cette parole qui semblait s'élever toujours et qui avait cessé comme perdue, très haut, dans l'invisible. Elle le regardait, tremblante et n'osait parler, de peur de voir s'animer ce visage pâle, si beau, n'ayant presque plus rien d'humain. Sur le fond bleu du ciel, le chapeau que Georges portait très en arrière lui faisait comme un nimbe sombre dans lequel la figure resplendissait très blanche sous les rayons de la lune. Il ressemblait à un de ces anges que, toute jeune, Madeleine avait aimés, et ce souvenir acheva de la bouleverser. Elle ferma les yeux, honteuse. Tout à coup, comme dans un songe, elle se vit auprès du jeune homme, tenant ses mains dans les

siennes, le regard perdu vers quelque vision
céleste, pareils, tous deux, à la sainte Monique
et au saint Augustin d'Ary Scheffer. Alors seulement elle osa parler, et sa voix était calme,
comme repentante :

— Oui, j'avais tort ; oui, vous êtes heureux!
Comme vous, je les ai connues, ces heures
délicieuses du rêve, et s'il ne m'est plus permis,
hélas! de les goûter en moi, je viens, et c'est une
joie ineffable, de les retrouver en vous, par le
souvenir. Oui! vous êtes heureux, mon enfant.
Fuyez Paris! Fuyez le monde! Cachez, loin des
regards le grand bonheur que vous avez ; cachez-
le comme un avare qui ne voit partout que des
voleurs et gardez-vous, surtout, gardez-vous
bien, quoi qu'il arrive, de vouloir échanger vos
belles chimères contre de trompeuses réalités.
C'est la réalité qui trompe, croyez-moi ; le rêve,
lui, ne ment jamais...

La comtesse avait toujours les yeux clos, mais
de grosses larmes tombaient le long de ses
joues... Et Georges debout, immobile, souriait
maintenant, heureux, comme si, dans un pays
perdu, tout à coup, était venu vers lui
quelqu'un dont il pouvait se faire comprendre.

Et le silence de la nuit était très doux autour d'eux, et le parfum des roses les enivrait.

— Rentrez, mon enfant, dit tout à coup la comtesse. Cet air froid pourrait vous faire mal. J'attendrai, seule, les retardataires qui ne peuvent tarder beaucoup, maintenant.

Et délicieusement émue d'une inquiétude maternelle, elle accompagna le jeune homme jusqu'à la porte du jardin.

## VIII

EORGES s'endormit difficilement, cette nuit-là, et son sommeil fut plein de rêves.

Au matin, à force de réfléchir sur les incidents de la veille, et dans sa naïveté qui ne lui permettait pas de comprendre un état d'âme aussi complexe que celui de la comtesse, il en vint à penser qu'il était l'instrument d'une espèce de conversion et que la Providence l'avait choisi pour ramener au bien cette nature d'élite que certaines pudeurs lui révélaient étrangement dévoyée. Ce rôle lui plut, autant par son côté surnaturel que par la satisfaction qu'il entrevoyait à s'acquitter, par cette bonne influence morale, du patronage artistique qui lui était offert.

Convertir à Dieu cette âme égarée, quel beau triomphe, et quelle ne devrait pas être sa fierté d'un tel succès ! Comme alors cette femme supérieure, ayant reconquis, grâce à lui, tous ses charmes, serait vraiment parfaite, joignant à tous les dons de l'intelligence toutes les vertus du cœur ! Et comme il serait fier alors de l'avoir pour amie ! Quelle plus belle marraine rêver ! Quelle meilleure patronne ! Quelque jour, il lui confierait son amour pour Yvonne ! Et, puisque le comte était un de ses amis, pourquoi pas ?

Et tous les beaux rêves d'avenir passaient devant ses yeux, et la vie lui serait heureuse entre ces deux femmes, aimant l'une, aimé de l'autre. Et ce bonheur lui semblait assuré.

Il n'hésitait plus maintenant. Il confierait son secret à la comtesse. Pourquoi hésiter ?

LIRE PAGE(S) 120
AU LIEU DE PAGE(S) 210

Il était bien sûr de son amour. Depuis deux ans, il aimait sans le dire et cela l'étouffait à la fin ; il fallait qu'il parlât. Eh bien ! il parlerait.

Il lui dirait comment il avait rencontré la jeune fille en entrant à l'église, un jour, et comment il s'était arrêté, tout faible, auprès du bénitier et comment il avait tendu ses doigts mouillés d'eau bénite. Il se rappelait encore le frisson qui l'avait secoué quand la main d'Y. vonne avait touché la sienne. Il ne la voyait presque pas, tant le sang qui lui montait au visage l'aveuglait, mais il avait senti, à ce contact, comme une prise de possession de lui-même et il était resté là, cloué, longtemps après le départ de la jeune fille. Et comme sa prière, ce jour-là, avait été troublée, et, dans son examen de conscience, car c'était un samedi, combien de fois une ombre ne s'était-elle pas glissée entre lui et ses fautes ! Et quand il était sorti du confessionnal, absous, comme son action de grâces avait été courte ; comme il avait follement pressé le pas, dans la vaine pensée de la retrouver le long du boulevard ou sur la plage ! Le lendemain, à la messe de huit heures, il avait communié, et, en revenant de la Sainte-Table, quel trouble en la trouvant agenouillée sur le prie-

Dieu voisin du sien, et, pendant la messe de neuf heures, *la messe des Baigneurs*, qu'il voulut entendre tout entière, quelles distractions à cause de la petite voisine ! Il l'avait vue sourire deux ou trois fois, au milieu du sermon du curé, plein de flatteries pieuses à l'adresse de *ses bons étrangers*. Et, à l'*offertoire*, pendant qu'une dame miaulait un motet à la Vierge, parmi les ronflements poussifs de l'harmonium et les grincements désespérés d'un violon, quel regard malicieux, instinctivement, ils avaient échangé ! Depuis ce jour, il était allé à la messe de neuf heures, sans oser toutefois, quand il arrivait après Yvonne, s'agenouiller trop près de la jeune fille ; le plus souvent il choisissait une chaise de l'autre côté, mais dans un rang parallèle, et, quelquefois encore, en se détournant en même temps, à une note fausse des solistes ou à un éclat de voix du prédicateur, spontanément et honteux un peu, ils avaient uni les malices d'un regard ou d'un sourire, à la dérobée.

Puis, un soir, en revenant de la plage, il l'avait suivie. Elle demeurait à la Villa Fédora, et il s'était informé adroitement. C'était une Parisienne, et la vieille dame, une Anglaise, était sa gouvernante. Il savait son prénom d'Yvonne,

pour l'entendre crier, sur la plage, à ses amies, et
bientôt il avait appris le nom ; c'était la fille du
comte d'Auffreville. La saison finie, elle était
partie, et, souvent, l'hiver d'après, Georges
avait pensé à tout cela. Reviendrait-elle, l'an
prochain?

Elle était revenue, mais plus sérieuse, cette
fois, ne souriant plus, à l'église, et se tenant très
bien, avec un air de trouver la musique très
bonne et les sermons parfaits ; ne regardant
presque plus Georges à qui cette gravité ne
déplaisait pas, au contraire. Elle habitait maintenant une grande maison dans un grand jardin, au Petit-Paramé. Elle avait une petite char-
rette anglaise dans laquelle elle venait à la plage,
tapant sur son joli âne gris, malgré les protes-
tations effrayées de sa gouvernante ; mais elle
affectait de se tenir droite et silencieuse quand
Georges passait. Qu'est-ce que cela signifiait?

Enfin, un jour, quand il cherchait comment
lui, timide et sauvage, parviendrait à se rap-
procher de la jeune fille, voilà que, par hasard,
elle s'était arrêtée à sa porte et lui avait parlé!
C'était encore à la comtesse qu'il devait ce bonheur ! à elle qu'il devait d'avoir pu passer tant
de journées auprès de celle qu'il aimait.

Car il l'aimait, de tout son cœur, et s'il désirait obtenir cette gloire dont lui parlait la comtesse, c'était parce qu'il voulait ennoblir à sa manière son pauvre nom roturier et le faire assez illustre pour qu'il pût être offert à la petite patricienne.

Et la comtesse l'aiderait dans cette lutte, et, le jour du triomphe, elle couronnerait le vainqueur, en joignant la main de Georges à la main d'Yvonne. Et cela finirait comme dans les contes, et ils seraient heureux, et ils auraient beaucoup d'enfants.

Madeleine, elle aussi, avait fait de beaux rêves. Ce rayon de pur idéal tombant brusquement dans sa vie l'avait transfigurée. A sa clarté, des choses apparaissaient, depuis longtemps voilées et qu'elle se sentit heureuse de revoir. Déjà préparé par la vague langueur qui l'avait envahie devant la mer, par l'apparition presque fantastique de Georges au piano, par le remous qui s'était fait en elle à la vue de Bréhat, un mouvement puissant l'emportait. Dans la désillusion où elle vivait, une espérance avait fleuri. Le passé était noir de regrets, d'amertume et

maintenant, à ses yeux, de honte; mais l'avenir,
dans quelle aurore d'espérance il se levait! Ce
cœur, que tant d'attachements frivoles avaient
trompé, blessé par tant de trahisons, allait
donc trouver, enfin, l'affection qui ne ment pas
et se reposer et se guérir dans cette confiance.
Cette maison banale où tous avaient passé avec
des éclats de voix, des rires et des chansons,
purifiée maintenant, allait être calme comme un
temple, pleine du silence de l'adoration.

Comment n'avait-elle pas compris plus tôt
qu'elle était faite pour une autre vie! Il avait
fallu que Georges parût et qu'il parlât; aussitôt
elle avait été conquise. Le gentil apôtre! le bon
petit Messie! comme elle allait l'aimer, à présent! Elle serait toute à lui, et c'était le but de
son existence, sa raison d'être, désormais! Sa
marraine, oui! Une vraie marraine fée, dont
le bon vouloir et la puissance écarteraient de
son chemin tout trouble et tout danger. Il irait,
sans connaître les ennuis qui retardent et les
soucis qui découragent, tout droit, protégé par
elle, vers ce beau palais d'or de la gloire, où il
entrerait jeune et souriant. Et puis alors, la
Fée se ferait encore meilleure; douce, et résignée comme une mère, elle lui amènerait la

eune princesse de ses rêves ; ils se marieraient, et elle, avec des cheveux blancs, jouerait auprès des enfants le joli rôle de grand'mère.

Est-ce que tout cela n'était pas charmant ? Est-ce que cela ne valait pas mille fois mieux que l'ancienne vie, et vieillir ainsi lentement, sans le savoir presque, n'était-ce pas plus doux que d'apprendre sa vieillesse brusquement dans un dédain ou dans un refus !

Et puis, vraiment, il y avait quelque chose de surnaturel en cette influence qui avait agi si fortement et si vite. Et les superstitions de la vieille grand'mère bretonne se réveillaient dans l'âme de Madeleine, pareilles à ces fantômes endormis que, dans quelque vieux manoir inhabité, fait surgir tout à coup l'arrivée d'un nouvel hôte. Et une grande joie l'envahissait de ces résurrections chimériques ; il semblait que son âme d'enfant lui fût rendue, son âme de petite fille tremblante et ravie aux histoires *d'intersignes* et de revenants.

Voilà qu'elle se rappelait très bien, pendant la nuit de son arrivée à la villa, avoir entendu un bruit dans la muraille ; on eût dit des coups frappés. Un *avènement* ! Une mort prédite ? Dieu ! *Jésus ma doué* ! comme s'exclamait la

vieille grand'mère ! Une mort ? Eh bien ! oui !
la mort du passé, qui lui avait été annoncée d'a-
vance. Et son imagination s'enflammait et toutes
les piétés de sa race refleurissaient en elle, épa-
nouies !

Levée de bonne heure, après avoir dormi d'un
calme sommeil à peine traversé de quelques
visions d'anges qui ressemblaient à Georges
dans le rayon de lune, la comtesse, vêtue de
couleurs sombres, sortit et se dirigea vers l'église.
Il lui semblait bon d'aller prier un peu, comme
autrefois, ou poursuivre, dans le demi-jour
d'une chapelle, ses rêves mystiques de la
nuit.

Par une coïncidence qui la frappa, Georges
était là.

Il avait voulu, lui, dans la ferveur de sa foi,
mettre sous la protection de Dieu l'œuvre nouvelle de son prosélytisme, le remercier de la
conversion dont il avait été la cause et lui
demander la force nécessaire à cette mission
d'apôtre qu'il se trouvait bien jeune pour remplir dignement, dans le milieu, surtout, où il
avait à faire prévaloir son double idéal d'artiste
et de chrétien.

Quand il sortit, la comtesse le rejoignit et le

pria de la conduire chez le curé, auquel elle remit une forte somme pour ses pauvres.

Elle se fit inscrire pour offrir le pain bénit, le premier dimanche de septembre et sollicita l'honneur d'être admise comme *dame du bureau de charité.* Tout en la remerciant de ses largesses et en glissant plusieurs compliments attendris à l'adresse de *ses bons étrangers, aussi dévoués que ses paroissiens,* le bon curé rappela à *madame la comtesse l'œuvre si intéressante de la décoration intérieure de son église pour laquelle il se proposait de faire une petite quête à domicile,* et la reconduisit jusqu'à la porte extérieure, appuyé familièrement sur le bras de Georges et développant avec une onction réjouie son thème habituel : *de la foi consolante et qui vraiment l'avait surpris, dans ces bonnes familles parisiennes.*

En sortant du presbytère, la comtesse et Georges, enchantés l'un de l'autre et par un commun désir inexprimé de rester plus longtemps ensemble, au lieu de rentrer par le boulevard, gagnèrent Saint-Ideuc, dans la tiédeur de cette route entre deux murs qui relie le petit village au gros bourg, et revinrent par le chemin de la Barre.

La comtesse bavardait comme une enfant, racontant avec satisfaction une foule de petites anecdotes pieusement naïves de son enfance, heureuse de ce passé qui la mettait en communion plus intime avec l'âme de Georges.

A la porte de la villa, ils se quittèrent. Il n'y avait pas répétition, ce jour-là ; chacun devait aller de son côté, placer des billets.

La comtesse se fit servir à déjeuner dans sa chambre, soucieuse de ne pas se trouver en contact avec sa *ménagerie*, et, comme Itzkany était monté et insistait pour être reçu, elle lui ouvrit :

— A quelle date expire la location de Castel-Dour ?

— J'ai loué pour la saison, comtesse.

— Je vous avais dit de louer au mois ; n'importe, je paierai. Vous m'obligerez d'emmener très fréquemment vos amis déjeuner ou dîner au Grand-Hôtel. Ce mouvement me fatigue un peu ; et dès que vous le pourrez, sans rien compromettre toutefois, vous me feriez plaisir en les ramenant tous à Paris.

La comtesse parlait, le dos tourné au prince, occupée à insérer quelques billets de banque dans une enveloppe.

— Tous ? fit Itzkany.

— Vous êtes assez intelligent pour me comprendre ; ne me forcez pas à insister. Quelques
jours après le concert, bien entendu.

Elle tendit au prince l'enveloppe pleine :

— Vous vous occuperez de régler; je vous
remercie d'avoir bien voulu recevoir pour moi
ces messieurs; ils devront continuer à croire,
comme tout le monde, que c'est vous qui leur
avez offert l'hospitalité.

— Mais c'est qu'il me sera très difficile... ils
comptaient rester tout septembre, et moi-même...

— Vous êtes libres, mais désormais ne comp-
tez plus sur moi.

Et comme Itzkany faisait des façons pour
prendre l'enveloppe, elle insista par quelques
mots brefs qui étaient comme un commandement dédaigneux. Le prince obéit.

— Je comprends, dit-il, et il leva la tête d'un
air narquois, vers la maison de Georges qu'on
apercevait par la fenêtre ouverte.

— Je ne pense pas que vous puissiez comprendre, répondit Madeleine; néanmoins faites
comme si vous aviez compris. Tout ceci entre
nous, n'est-ce pas? En apparence, sous les réser-
ves que j'ai faites et que je confie à votre intel-

ligence, il n'y aura rien de changé dans nos
rapports.

— Alors... c'est fini? balbutia le prince.

— Oh! Dieu! oui!

La comtesse le congédia d'un mouvement de
tête dégoûté.

Itzkany, rentré à Castel-Dour, ouvrit l'enveloppe. Elle contenait cinq mille francs.

— Bah! fit-il, nous avons de quoi passer tout
septembre.

## IX

E surlendemain, après avoir organisé une partie à Dinan, la comtesse avait prétexté une migraine pour rester chez elle, tout en exigeant que la promenade eût lieu, quand même.

Aussitôt la *ménagerie* partie, elle envoya un

mot à Yvonne pour lui demander de passer la
journée avec elle et fit prier M. Maubray de
venir à la villa dès qu'il le pourrait.

La vieille *bonne* de Georges répondit qu'il
était sorti dès le matin et ne rentrerait que pour
dîner. Le valet de chambre envoyé chez Yvonne
rapporta un billet du comte :

*Chère amie, j'arrive. Nous irons vous serrer
la main, ce soir, vers cinq heures.*

*Toujours vôtre.*

AUFFREVILLE.

— Le comte! fit Madeleine en souriant. Ce
soir, me serrer la main et après-demain me la
demander, voilà le programme...

Elle resta rêveuse, roulant une foule d'idées,
remuant projets sur projets, avec la pensée du
bonheur de Georges, toujours, dominant tout.

— Comtesse d'Auffreville !... pourquoi pas!

Dans le besoin de correction qui la dominait
à présent, l'idée de ce mariage lui semblait
toute simple! Elle eût volontiers dit *oui*, si ce
mariage devait donner une apparence plus
sérieuse à sa vie, une tenue plus correcte à sa
maison, plus de dignité à son affection pour

Georges. D'autant que le comte ne serait pas un maître bien terrible; une fois installé dans le confortable de cette grande vie, il se contenterait d'une large pension et ne se montrerait pas gênant. Au contraire, il y a tant de choses qui paraissent naturelles chez une femme mariée et qu'une femme seule ne peut guère se permettre, sous peine d'être taxée de légèreté et d'inconvenance. Un mari sauve bien des situations ! C'était peut-être un mari qui manquait dans son existence, où la présence du comte mettrait ce *Je ne sais quoi* qu'une grande fortune ne pouvait suffisamment imposer. Un tel mari, surtout, très bien né, et réputé si galant homme !

Son rôle maternel près de Georges serait bien plus digne ainsi. Et dans son désir d'échapper à toute ambiguïté à l'avenir, dans ses regrets de tout ce que le passé pouvait rappeler de douteux, elle en venait à trouver que le comte n'était même peut-être pas assez sérieux et qu'un homme d'une vie plus grave serait, sans doute, encore un meilleur porte-respect.

Comtesse d'Auffreville ! Mais alors tout deviendrait facile pour Georges, si vraiment il aimait la petite Yvonne. Le comte ne pourrait rien

refuser à sa femme, et la première chose qu'elle
lui demanderait ce serait de marier ces enfants.
Même, elle en ferait une condition rigoureuse
de son consentement. Et ainsi Georges épouse-
rait la fille de son mari et deviendrait comme
son fils. Ils pourraient vivre ensemble, heureux, toujours ! A ce prix-là, certes, elle accep-
terait le comte et ne croirait pas trop payer
du sacrifice de sa liberté et d'une partie de sa
fortune, le bonheur de cet enfant bien-aimé.

Oui, mais si Georges n'aimait pas Yvonne? Et
vraiment, c'était bien tôt les marier ! Elle, dix-
sept ans, et lui, vingt-deux ! Une folie ! Ce
mariage, même, était-il désirable dans l'intérêt
de M. Maubray ? Marié, quel serait son avenir?
Et ne serait-il pas sage, plutôt, de s'opposer à
cette *folie*. Eh bien! mais là encore, ne pourrait-
elle pas le servir, quoique malgré lui, en créant
des obstacles, en multipliant les lenteurs, en
suscitant des difficultés, en s'opposant, au
besoin, à cette union ? Et plus tard, quand le
moment serait venu, par elle, toujours, les
obstacles disparaîtraient, les difficultés seraient
aplanies.

Comtesse d'Auffreville ! Pourquoi pas? Et
vite, Madame Dupuis-Miron, par un billet très

aimable, fit savoir au comte qu'elle l'attendait pour dîner, avec sa charmante fille.

— Ce qu'il y a d'agréable même, pensa-t-elle, c'est que je ne suis pas obligée de dire *oui* tout de suite. Je puis rester maîtresse de la situation, en me bornant à lui donner des espérances ; il suffira de ne pas dire *non*.

Le dîner fut très gai, à quatre ; la comtesse avait envoyé chercher Georges, en voisine.

— Mon cher comte, c'est la poésie et la musique que je vous présente. Monsieur Georges Maubray, un grand artiste, qui ne s'en doute qu'un tout petit peu...

— Modestie rare ! fit le comte.

— Et que j'aime beaucoup.

— Mes compliments, monsieur ; la comtesse s'y connaît et vous ferez des jaloux.

Il y avait une pointe d'aigreur dans la réponse du comte. La comtesse reprit :

— Amour d'inventeur ! J'ai la prétention de l'avoir découvert et je suis fière de ma trouvaille.

— Je connais déjà monsieur par les lettres d'Yvonne. Ma fille m'a écrit qu'elle jouait avec

vous, monsieur, au concert de notre amie, un
très joli duo dont vous êtes l'auteur. Je suis
accouru de Suisse exprès pour l'entendre.

— Eh ! vil flatteur, dit très gaîment la comtesse, vous oubliez votre fille...

Le comte se pencha vers Yvonne qui lui tendait le front, et l'embrassa.

— Votre fille... et moi ? ajouta madame Dupuis-Miron, avec un joli geste de main vers le
comte.

— Oh ! vous ! je reviendrais de Chine pour
vous ; et il mit un petit baiser sur le poignet de
la comtesse.

— A la bonne heure ; aussi, vous voyez qu'on
vous fête au retour, ami prodigue.

— Tiens ! fit le comte avec un regard comique
vers un plat qu'on venait de servir. Tiens ; c'est
juste : *on dirait du veau* !

— Parisien ! va ! la Suisse ne l'a pas changé !

— Ah ! ça, me croyiez-vous donc retiré dans
un de ses fromages ?

— Peut-être ! répondit la comtesse, et, plus bas,
en se penchant à l'oreille de M. d'Auffreville :

— A cause du *rat* !

— Comprends pas !

— Vous expliquerai !

Pour changer la conversation, après un sourire de douce malice, plutôt de reproche que d'ironie, la comtesse parla du concert qui serait très beau. La *société* de Paramé avait pris des billets, et à cinq francs! Des gens qui ne se dérangent guère; mais aussi ce qu'elle leur avait fait de frais! Quant aux baigneurs, on n'avait eu que l'embarras du choix... Saint-Malo et Saint-Servan donneraient également; il viendrait même quelques familles de Dinard. C'est Ramsay qui les passe dans son yatch... Une soirée charmante... Et Yvonne aura beaucoup de succès...

— A ce propos, monsieur Georges, voilà deux jours que nous n'avons pas répété. Si vous le voulez bien, nous laisserons papa et la comtesse se raconter la fable du rat et du fromage et nous monterons travailler un peu dans la bibliothèque.

Comme on se levait de table, Yvonne prit le bras de Georges.

— Nous irons avec vous, dit la comtesse. Je ferai servir le café, là-haut.

— Non! non! d'abord, monsieur Georges ne prend pas le café... Et puis, je ne veux pas que papa entende... Le jour du concert seulement!

— Il suffit, cabotine, va faire ta répétition...
Mais je vous engage à prendre l'air auparavant,
quelques tours de jardin...

— Ça, c'est une idée ! Venez-vous, monsieur
Georges ?

Le jeune homme suivit Yvonne dans le
jardin.

— Votre fille est charmante, vous savez, dit
brusquement la comtesse, et je vous en veux de
nous l'avoir cachée jusqu'ici.

— Une pensionnaire, répondit le comte.

— A qui tous les livres n'étaient pas permis,
mais je compte un peu réformer ma... bibliothèque, et j'espère que, dorénavant...

*Le père en permettra la lecture à sa fille.*

— Ah ! vous réformez, comtesse... Serait-ce,
vous aussi, *ad usum Delphini ?*...

— Je ne comprends pas le latin, mon cher
ami ; faites-moi la grâce de parler français, si,
toutefois, vous n'en avez pas perdu l'habitude...
en Suisse...

— Ah ! vous revenez au fromage... Méchante !
vous devriez bien avoir pour moi un peu des
bontés que vous avez pour Yvonne...

— Toujours galant ! vous êtes incorrigible...

Les eaux ne vous ont pas guéri... C'est chronique... De temps en temps, une petite attaque...

— Vous riez; vous avez tort, chère.

— Ce n'est pourtant pas faute de remèdes, car on m'a dit que vous preniez les eaux... avec... Pigeonnette !...

Le comte sourit :

— Dame ! les eaux, seul... Vous comprenez ?

— Oui... vous mettez un peu de viande avec...

— Fi, comtesse !

— Je dis un peu, car on la dit fort maigre, cette... *demoiselle*...

— De compagnie ; simplement, de compagnie !

— De bonne compagnie ?...

— Elle fait ce qu'elle peut !

— Oh ! je ne lui en veux pas !

Et la comtesse protesta par un joli geste. Le comte semblait un peu piqué.

— Je le regrette, fit-il.

— Je ne suis pas jalouse, mon ami.

— Vous êtes cruelle...

— Oh ! nous tombons dans la romance... Attention !... Voulez-vous un peu de café ?...

— Oui.

— Il y avait une reine d'Espagne qui prétendait que cela calme... Ah ! à propos, et mon jeune sauvage, qu'en dites-vous ? N'est-ce pas qu'il est gentil ?

— Il ne me plaît qu'à demi, votre petit monsieur.

— Il est charmant, vous avez tort. Beaucoup de talent, très bien élevé, un homme du monde...

— De bonne compagnie ? fit le comte, en posant sa tasse qu'il avait bue, nerveusement, presque d'un trait...

— Pas pour Pigeonnette, répondit Madeleine en regardant M. d'Auffreville.

— Pigeonneau !...

— Vous êtes jaloux, mon ami ?

— De vos découvertes, chère ?... Eh non ! Je ne suis pas de l'Académie des Sciences...

— Morales... non ! mais Politiques !... Hein ?

Et riant très fort, la comtesse sortit sur la terrasse où le comte la rejoignit...

Georges et Yvonne venaient de quitter le jardin.

— Vous faut-il des lampes ? leur cria madame Dupuis-Miron, pendant qu'ils traversaient le vestibule.

— Il fait très jour encore, fit Georges.

— Et puis, nous savons par cœur !... Et puis, le crépuscule est poétique...

Yvonne, très gaie, poussait bruyamment la porte de la bibliothèque...

— Là... ouvrons cette grande fenêtre, maintenant... Tiens ! la lune ! Et le soleil qui n'est pas encore tout à fait couché, là-bas... N'est-ce pas qu'il est bien, papa ?... Grand air... et si bon ! Au couvent, il vient me voir deux fois par semaine. Je sors tous les mois... On ne s'ennuie pas au Sacré-Cœur... Vous n'y êtes jamais allé !... Ah ! pour voir... Non ! c'est vrai ! Il n'y a pas de Sacré-Cœur à Paramé... Ah ! mon Dieu ! comme vous avez l'air triste ?

Georges était debout, près de la fenêtre, immobile, pendant qu'Yvonne allait et venait, arrangeant les sièges, ouvrant les instruments, disposant la musique...

— Vous savez, dit-il, je suis bizarre...

— Moi, je suis très gaie, ce soir ! Papa qui m'a appelée *cabotine*. C'est vrai, je vais monter sur les planches... Je crois que papa ne vous plaît pas. Pourquoi ?

— Vous vous trompez.

— Il vous a parlé plusieurs fois ; c'est à

peine si vous lui avez répondu... Vous êtes
donc timide ?...

— Peut-être.

— Oh ! oui, vous êtes bizarre, allez... Ah !
ces artistes... Cela me rappelle un professeur de
piano que j'ai eu aux dernières vacances...
L'organiste de l'Hôpital... Il était timide, lui
aussi... Il avait peur de moi... C'était plus fort
ça ! un monsieur qui joue dans les concerts...
Oh ! mais, peur, vous savez !... Un jour que
*Miss* était sortie du salon, il me prit la main
et la mit sur son cœur, en disant : « Ecoutez
comme il tremble ! » Effectivement, ça faisait
des gros tic-tacs. Il était timide !...

— Mademoiselle, fit Georges agacé.

— Comme vous.

— Et vous croyez, répliqua le jeune homme,
blessé de la comparaison, vous croyez que moi
aussi, je vais vous prier d'écouter *comme il trem-*
*ble...* Vous me connaissez mal, mademoiselle.

— Qu'avez-vous ? Je vous raconte une histoire et vous faites les gros yeux... Mon père,
lui, quand je la lui ai racontée, s'est mis à rire...
Oh ! mais il a ri !... Seulement il a mis le professeur à la porte... Il n'aime pas les professeurs
timides !

Le ton de candeur, avec lequel Yvonne racontait cette histoire énorme, le regard pur qu'elle fixait sur Georges, le petit salut dont elle la termina gentiment, entrèrent comme autant de reproches dans le cœur du jeune homme qui se blâma d'avoir pu se méprendre un instant sur cette incroyable innocence. Il fit un pas vers la jeune fille :

— J'ai tort... Il ne faut pas m'en vouloir ; je ne sais pas me contraindre.

— On a dû vous gâter, répondit Yvonne, en se rapprochant aussi... et, comme pour adoucir la remarque, elle ajouta :

— Comme moi !

— Je ne sais.

— Oh ! moi, je sais bien... Je suis un peu folle... On me l'a dit, mais c'est plus fort que moi ; il y a des moments, je voudrais m'arrê-ter, je ne peux pas... Je fais des choses... Je dis des mots... Tenez, avec vous, c'est peut-être que je suis maladroite... à moins que vous ne soyez susceptible... Je n'ai pourtant pas l'inten-tion de vous faire de la peine... Je vous aime tant...

— Mademoiselle ! fit Georges que ce mot troubla, malgré lui.

— Là ! encore ! Je vous dis que je vous aime
et vous vous fâchez... Mon Dieu ! que vous
êtes insupportable... Tenez ! Je vous déteste...
qu'avez-vous ?

Georges, de plus en plus, se sentait irrité
par cette familiarité naïve. Cette indifférence si
complète de la jeune fille, à qui rien n'enlevait
son calme enfantin, lui semblait comme une
moquerie des émotions puissantes auxquelles
il s'efforçait de résister, lui, et qui, s'il ne
luttait pas de toutes ses forces, l'allaient jeter
dans les bras d'Yvonne. Une peur inconnue le
torturait dans ce demi-jour, dans le silence de
la bibliothèque, dans cette solitude à deux. Il
n'osait pas regarder la jeune fille, mais il la
sentait trop près de lui. D'un mouvement il
pouvait l'atteindre ; cela l'effrayait, et il essayait
de mettre sa maussaderie entre elle et lui, pour
se défendre.

C'était mal de répondre ainsi, brutalement
presque, à toutes les câlineries d'Yvonne, mais
il craignait un mal plus grand encore et contre
lequel toute son éducation protestait. Il fallait
résister à cet élan qui le portait vers elle, dût-il
sembler méchant pour cela. Et puis la naïveté
d'Yvonne l'exaspérait ; il lui en voulait de ne

comprendre pas combien il l'aimait et combien il luttait pour ne pas le lui dire.

Et il restait immobile, ayant peur qu'un mouvement ne l'entraînât sans qu'il pût s'arrêter ; silencieux, car il craignait de dire ce qu'il devait taire ; et au tremblement de ses lèvres, au frisson de ses bras, au bourdonnement de sa tête, au vertige de tout son être, il se sentait sur la pente et il avait peur de tomber.

— Qu'avez-vous donc, enfin ? reprit Yvonne, en le touchant légèrement au bras...

Georges sursauta :

— Je n'aime pas que les petites filles emploient à tort et à travers des mots qu'elles ne comprennent pas !

— Petites filles ?

— Je vous déteste ! Je vous aime... On ne dit pas cela à la légère, mademoiselle. Il y a des mots qu'on ne jette pas étourdiment à un homme. Vous m'aimez ?... Savez-vous seulement ce que c'est que d'aimer ?

Georges, comme pour arracher ses bras à l'attraction fatale qui les dominait, avait pris des cahiers de musique et les rangeait bruyamment. Yvonne le regardait, étonnée :

— Aimer ? mais certainement, monsieur ; je

sais bien. J'ai assez conjugué le verbe... et en anglais, par dessus le marché... *I love*... *To love*...
J'aime... aimons... aimant... aimer... Je ne sais
pas ? J'aime tout ce qui est beau, tout ce qui
est bon, tout ce qui est grand... La musique,
la campagne, la mer, la peinture, les étoiles,
*Miss*, le clair de lune, mon père, vous...

— Et la valse ! Et les pralines !

Yvonne releva la tête et regardant Georges
tristement, elle ajouta, presque avec gravité :

— J'aime même ceux qui sont méchants et
qui me font de la peine, mais je finirai par ne
plus les aimer.

— Yvonne !... mademoiselle Yvonne !

Georges s'arrêta, sur le point de serrer dans
ses bras la jeune fille qui pleurait. Il y avait
tant de douceur dans sa voix qu'elle se sentit
rassurée et s'essuyant les yeux, elle lui sourit.

— Je ne vous ai jamais vu méchant comme
ce soir.

— Si je vous déplais en quelque chose, par-
donnez-moi, mademoiselle Yvonne, c'est sans
le vouloir... car, moi aussi, je vous aime...

Alors, craignant d'avoir trop osé dans ce mot
et pour l'atténuer, Georges ajouta après un
court silence :

— ... Beaucoup !

Yvonne lui tendit la main franchement :

— La paix est faite... Au travail maintenant ;
car nous sommes venus pour cela ; il faut donc
vous le rappeler, monsieur? Venez !

Yvonne s'assit au piano et Georges à l'harmonium.

— Travaillons, dit gaiement la jeune fille.
Notre dernière répétition n'a pas été bonne ;
vous n'étiez pas satisfait. J'ai beaucoup pioché
à la maison ; vous serez content. Et puis, je
veux que votre musique fasse beaucoup d'effet ;
notre morceau sera le succès du concert.

— Le morceau va, fit Georges, se remettant
avec peine ; il manque seulement un peu de couleur ; la pensée n'est pas complètement rendue.

— C'est difficile ; j'ai bien retenu pourtant
tout ce que vous m'avez dit. Commençons :
c'est le matin, n'est-ce pas ?

— Un joli matin de printemps, frais et brumeux. On y voit à peine... Encore moins de
son, je vous prie ; songez que tout l'effet sera
dans le *crescendo*.

— Comme ces tenues de l'harmonium sous
les arpèges du piano donnent bien l'impression
de ce grand calme du matin !

— Au loin, écoutez cette chanson... Restez dans la demi-teinte, vous. C'est l'harmonium qui chante, vous accompagnez.

— La chanson se rapproche...

—Oui, c'est un pâtre; on le voit venir... Accentuez un peu plus la basse... Les yeux à peine ouverts, murmurant sa chanson indécise, le fouet dans la ceinture, les mains derrière le dos, il marche lentement. Les bêtes somnolentes vont devant lui : les moutons pressés les uns contre les autres, les chèvres s'écartant pour brouter une pousse verte aux talus, les grands bœufs marchant lourdement à la file, et, derrière, le chien, tête basse, les yeux fixés sur le troupeau et, soudain, levés vers l'enfant.

— Le jour se fait peu à peu... Je force, n'est-ce pas ?

— C'est bien ; mais il faut augmenter le son presque insensiblement.

— Le pâtre marche plus gaîment; le troupeau se hâte, le refrain s'anime. Voici le pâturage.

— Soudain une autre chanson répond à sa chanson.

— L'enfant regarde ; c'est elle !

— La bergère du hameau voisin.

— Elle a franchi le talus.

— Elle accourt. Et voici que l'horizon s'éclaire.
Les brumes se dissipent !... Et, là-bas, dans des
lueurs roses et violettes, l'astre d'or apparaît ;
c'est le jour.

Animés tous deux et emportés par l'interpré-
tation, tout entiers au poème musical qui les
captivait, la tête droite, le regard vague, ils ne
s'étaient pas aperçus que, derrière eux, par la
porte du cabinet de toilette, venait d'entrer la
comtesse.

Debout, silencieuse, elle les regardait et les
écoutait, enveloppée, elle aussi, dans l'atmosphère de pure poésie où les cœurs battaient
plus vite et où, pourtant, la respiration semblait
vouloir s'arrêter... Le *crescendo* les emportait
tous les trois, éperdus dans un même rêve.

La voix de Georges reprit, faible et saccadée :

— Les deux enfants, debout... l'un près de
l'autre, n'ont pas échangé une parole... Ils regardent...

Les instruments se faisaient mystérieux maintenant... Le premier motif revenait, vaguement
entrecoupé, très *piano*. Georges parlait toujours,
mais si bas qu'on avait peine à l'entendre...

— Le pâtre a pris les mains de la bergère...
qu'il sent frissonner dans les siennes... Leurs

regards se rencontrent... et se détournent soudain... Ils sont là, immobiles..., silencieux...,
les yeux baissés... Et c'est l'amour...

— L'amour !...

Comme d'écho en écho, des lèvres de Georges,
le son, à peine perceptible, avait volé sur les
lèvres d'Yvonne et puis sur les lèvres de la comtesse.

— L'amour !

Ils avaient cessé de jouer et le silence, autour
d'eux, semblait plein d'accords et de paroles.

Tout à coup Yvonne se leva.

— Oh ! mais on n'y voit plus ici ; moi, j'ai
peur !

Et se cachant les yeux de son bras arrondi
autour de sa tête, elle s'enfuit.

Georges restait au piano, comme accablé ! La
comtesse fit un pas et, lui prenant la tête dans
ses mains et la renversant un peu, elle le baisa
au front.

— Georges !

— Madame, fit le jeune homme en se dégageant à peine.

Une angoisse indicible suffoquait la comtesse ;
chancelante, elle s'appuya au piano et des sanglots étouffèrent sa voix.

— Mon enfant ! Mon enfant !

A ce moment, la cloche du jardin retentit violemment, parmi des cris et des bruits de pas dans la maison. Bientôt l'escalier fut plein de ce vacarme.

La *ménagerie* rentrait de la promenade.

# X

A villa des Roses est une des plus élégantes constructions de Paramé et c'est aussi la plus importante. Elle se compose d'un corps de bâtiment et de deux ailes que réunit une terrasse à laquelle on monte, du jardin, par un double perron de quelques marches.

La salle à manger et le grand salon occupent tout le milieu. L'aile gauche est une serre et l'aile droite un vestibule ouvrant, du côté de la mer, sur un petit salon et, de l'autre, sur une salle de billard.

Au premier étage, à droite, l'appartement de la comtesse. Le grand cabinet de toilette, situé au-dessus du billard est attenant à la bibliothè- que, une sorte de longue galerie séparée par un corridor de trois chambres qui font face à la mer.

Au-dessus, des chambres encore.

Les instruments avaient été placés dans le grand salon, devant les portes-fenêtres qui ouvrent sur la terrasse : un magnifique piano à queue d'E- rard et un superbe harmonium de Mustel que la comtesse avait fait venir comme une surprise pour les exécutants. Le petit salon était le foyer des artistes ; on avait rempli de chaises emprun- tées à l'église la salle à manger, le salon, moins la partie réservée, et le billard. La serre, dégarnie de ses grands arbustes, était convertie en garde- meuble et en vestiaire ; on avait barré le perron de droite, et c'était par celui de gauche et par la salle à manger que devaient entrer les invités. Une tente allait du milieu de la terrasse à l'une des portes de la serre, près de laquelle le service du vestiaire était préparé.

Le concert était annoncé pour neuf heures, et dès huit heures, déjà, on commençait à arriver. Le marquis, en habit, avec une brochette de décorations, se tenait dans la salle à manger et plaçait les arrivants. Charil, en habit aussi, avait une énorme rose jaune à la boutonnière. Sa barbe et ses cheveux brillaient ; la blancheur de son cou semblait inviter les convoitises, savamment excitées par un décolletage voulu, malgré la mode ; ses ongles roses scintillaient et son sourire se faisait appétissant pour présenter les programmes.

— Madame ?... Mademoiselle ?... Monsieur ?...

Et il offrait un joli carton vert d'eau où s'étalait le menu de la fête :

### VILLA DES ROSES

—

#### CONCERT AU BÉNÉFICE D'UNE FAMILLE PAUVRE

*le 25 août 1884, à 9 heures du soir.*

##### PREMIÈRE PARTIE :

1. *La belle Paraméenne*, par la fanfare Municipale.................... Petermann.
2. *L'Impétueuse*, ouverture à 6 mains, sur un seul piano. M$^{me}$ et M$^{lles}$ M*** ...... A. Leduc.

Cavatine de *Faust*. Prince Y\*\*\*. . . . . . . . Ch. GOUNOD.

*L'Élégante*, variations pour le trombonne.
Par l'auteur. . . . . . . . . . . . . . . . . . . . . . François PIRONNEAU.

*Vers les Rives de France*, duo. M. et
Mme G\*\*\* . . . . . . . . . . . . . . . . . . . . . . . . MASINI.

*L'Aurore*, sonnet. Par l'auteur. . . . . . . . . . Jean DUFOUR.

Grand air de *Lucia*. Mllo Rafaella Me-
nardi, du théâtre de la Scala. . . . . . . . DONIZETTI.

*La Mouche*, monologue. M. J. B\*\*\*. . . . . E. GUIARD.

### FIVE O CLOCK
#### Comédie en un acte.

*Clotilde*. — Comtesse D.-M\*\*\*.
*Charlotte*. — Baronne H\*\*\*.

#### DEUXIÈME PARTIE :

1. *Roméo et Juliette*, duo. Mlle Pitoisi,
   Prince Y\*\*\* . . . . . . . . . . . . . . . . . . . . . Ch. GOUNOD.

2. *Quatuor*. MM. V\*\*\*, H\*\*\*, P\*\*\*, N\*\*\*. . . . MAYSEDER.

3. *La Pantoufle*, sonnet. Par l'auteur . . . . Jean DUFOUR.

4. Air de la *Juive*. Mlle Pitoisi. . . . . . . . . . HALÉVY.

5. *Sonate en mi b.* M. François Pironneau. . . HUMMEL.

6. *Air varié*. M. V\*\*\*. . . . . . . . . . . . . . . . . . De BÉRIOT.

7. *Grande valse*. Mlle Rafaella Menardi. . . . VENZANO.

8. *Duo villageois*. Mlle Y.d'A\*\*\* et l'auteur. Georges MAUBRAY.

A huit heures et demie, le billard, le salon et plus de la moitié de la salle à manger étaient pleins. Quelques fauteuils avaient été réservés, au premier rang, pour le maire, le sous-préfet et certaines notabilités.

Les Gourieux des Buffards, gras et rouges,
dans la solennité de la redingote noire du
mari et de la robe de soie gris perle de la
femme, semblent un ménage de domestiques
habillés. Monsieur Primrose, cravaté de blanc,
regardant par dessus ses lunettes, sourit à sa
femme et à ses quatre filles, dont les maigres chi-
gnons roux anglais tressés font peine à voir sur
leurs nuques sèches. Tout autour, un groupe de
filles d'Albion aux tailles plates et aux joues
éclatantes, grouille sous la protection du Révérend. Les Grangalo mettent une tache chocolat dans un coin; les Gaillard s'épuisent en vains
efforts pour faire asseoir la belle Jeanne qui,
debout, s'obstine à regarder du côté du billard où
les jeunes gens se sont réfugiés : Savary et Bric-
quart, plantés contre la porte, lorgnent; Bernard
Falcimaigne, à qui son père et sa mère sourient
de temps en temps, est rayonnant, et Rigault tout
penaud, dans l'ennui d'avoir dû laisser au vestiaire son pardessus et sa canne, se console
avec ses gants ; Gourieux, lui, semble très fier de
son pantalon qui craque. Monsieur et madame
Bernier et madame Cayron affectent un air très
pincé, furieux du voisinage des Heurteloup qu'ils
trouvent un peu communs, pas de leur société.

t qui se sont collés à eux, comme la petite Heur-
eloup se cramponne à Blanche et à Lucy. Madame Kissbabe, avec la pension des petits
Anglais, vient d'arriver et cherche une bonne
place où on puisse rire un peu ; elle fronce le
sourcil, tout à coup, car elle vient d'apercevoir,
dans le grand salon, au premier rang, à gauche,
la belle madame Maudoit, superbe, tout en noir,
les cheveux hauts, avec une étoile de brillants sur
le front. Autour d'elle, les charmantes filles de
l'avocat Ponsin, qui fut député sous l'Empire ;
madame Girault, dont les cheveux blonds prennent des tons de coucher de soleil ; madame Dumoustard, qui semble la bonté vivante; madame
Dupré Fournetz avec sa jolie fille, une réduction
de sa mère un peu retouchée ; la préfète, si jeune
sous ses cheveux blancs ; et derrière ces dames,
debout, près de la porte de la salle à manger, le
député Girault, qui paraît prendre un vif intérêt
à la fête ; son collègue Dupré Fournetz très ab-
sorbé dans une conversation d'affaires avec son
ami Loriquet; Dumoustard, soignant toujours sa
pose à la Bonaparte, et quelques officiers autour
du commandant Le Riboux. La marquise de
Pontaillac, avec sa cour de vieilles dames du Bureau de charité, se dissimule au fond de la salle

à manger, un peu confuse d'être là, mais c'est
pour une bonne œuvre, et puis cette comtesse
d'occasion est romaine, et il faut bien faire quelque
que chose pour le Saint-Père et monsieur le curé.
Dans la salle à manger, encore, les Riboizeau,
avec leurs figures laides et méchantes dont les
yeux fouillent tout ; les trois demoiselles Couet
qui furent les Grâces et ne sont plus que les Par-
ques ; Furel, l'ancien huissier, bellâtre teint, qui
s'est résigné à blanchir du jour au lendemain ;
la famille Lasnier dont on n'aperçoit que les nez
en bec de perroquet ; l'imprimeur-poëte servannais Valbrun, qui passe son temps à imprimer
les œuvres des autres et à enrager sur ses œuvres
que les autres n'impriment pas ; enfin, comme
dit Brunel, *une foule de seigneurs et de dames
de moindre importance.*

Dans le petit salon, les exécutants attendent,
se pressant aux fenêtres et à la porte ouverte sur
le vestibule d'où, par la porte entrebâillée du salon, ils viennent parfois jeter un coup d'œil sur
l'assistance. Monsieur François Pironneau, san-
glé dans son habit trop étroit, de coupe surannée,
assis dans un coin, grave, recueilli, étend sur
ses genoux ses mains énormes gantées de blanc ;
son trombonne est debout près de lui. On dirait

uelque dieu grotesque, conscient de l'impor-
ance que certains dévots lui ont faite.

Monsieur et madame Giraudoux, les G*** du
rogramme, un siècle à deux, debout près de la
heminée, ont déjà leur morceau à la main et
ur sourire aux lèvres. C'est ainsi, d'ailleurs,
u'ils traversent la vie, depuis le jour mémora-
le où Sidonie Poirier épousa le beau Girau-
oux à la suite du fameux concert de 1850. Ma-
emoiselle Pitoisi, qui fut Pitois, avant d'avoir
ris la *carrière du professorat*, arrive, toute
ffarée, ayant peur d'être en retard, suivie de
on père, le capitaine, à qui *des revers de fortu-*
*ne ont imposé la douloureuse nécessité de laisser*
*mademoiselle Pitois courir le cachet, mais qui, du*
*moins, a voulu qu'elle changeât son nom.* Mademoi-
elle Pitoisi est en robe de soie noire montante
ur laquelle elle a posé un fichu de mousseline
rodée, agrémenté de rubans cerise. Un nœud de
même couleur est piqué dans ses cheveux. Le
*quatuor* entre presque au même instant ; quatre
vieux, un chauve, un tondu, un cheveux longs
et un hirsute : M. Vannier, premier violon,
employé à la sous-préfecture ; M. Hiroux, deuxième violon, médecin émérite ; M. Piéron, alto,
caissier de la maison Riboizeau et M. Noirmont,

basse, clerc de notaire. Jacques Brunel et Jean
Dufour, pimpants et fleuris, accueillent les arrivants ; le Prince sourit et pose, en face de la
porte, guettant l'entrée des Morambeau près
desquels on le dit maintenant très assidu.

Rafaella vient de monter chez la comtesse qui
n'a pas encore achevé sa toilette ; la baronne et
madame de Minteville descendent, échangeant
quelques méchancetés sur la lenteur de leur
amie.

Le sous-préfet arrive... Le nouveau, M. Marbaud... La baronne court à lui et le présente...
Boulard lui serre la main :

— C'est très aimable à vous, monsieur le sous-
préfet... et notre petite fête...

Marbaud s'incline :

— L'art et la bienfaisance sont sœurs, monsieur le maire, et l'administration a le devoir de
les encourager.

— Tiens ! fait Brunel, il paraît que l'autre
avait laissé la phrase à la sous-préfecture.

La baronne a pris le bras de M. Marbaud et
le fait asseoir à la place d'honneur.

On se lève, on regarde !...

— Décidément, elle les connaît tous, dit la
préfète, en souriant, à madame Dupré Fournetz.

— C'est la muse de l'administration, répond la femme du sénateur.

— La buse, riposte Loriquet, à la façon dont elle paraît dressée à la chasse...

— Mais pas si... buse que ça ! fait Dumoustard. Bon métier !

Neuf heures. La fanfare éclate dans le jardin. C'est une gracieuseté de Boulard, qu'on n'a pas osé refuser ; car Boulard est fier de sa fanfare !

Brunel court au devant du maire et l'amène au foyer, rayonnant.

— Que pensez-vous de notre fanfare, mon cher monsieur Brunel ?

— Savez-vous qu'ils font beaucoup de bruit.

— Pour ce qu'ils sont, n'est-ce pas ?

— J'ajouterai avec Shakespeare : beaucoup de bruit !...

Et se penchant à l'oreille de la baronne, Brunel soupira :

— Pour rien !

— Le morceau est de notre chef, reprend Boulard.

— Naturellement. *La belle Paraméenne* !...

— Il n'y a pas de concert sérieux ici sans la la *belle Paraméenne*.

Le président, madame Morambeau et leurs

filles entraient à ce moment. Itzkany s'est préci-
pité et aide Victoire à enlever son manteau.

— Ah ! enfin, fait le marquis, très affairé en sa
qualité de maître des cérémonies et courant de
tous côtés. Je craignais que vous ne fussiez en
retard.

— Je me bornerai, répond la présidente, à
exprimer mon étonnement qu'on ait cru devoir
nous faire ouvrir le feu.

— Permettez, madame, riposte le marquis, du
moment que vous jouez une *ouverture* !

— C'est possible, mais à cause de ces demoiselles...

— Madame a raison, fit Brunel très sérieux,
on aurait pu finir par l'*ouverture*.

— C'est mon avis, conclut madame Morambeau, et s'approchant de ses filles, à mi-voix :

— Voyons, mesdemoiselles, les mains en l'air,
je vous prie, pour faire descendre le sang !

Puis toujours à son idée, la présidente reprend :

— On a bien trouvé moyen de mettre le *Duo
villageois* dans la deuxième partie.

— Ah ! c'est que c'est du nanan, ça ! dit Brunel, enchanté d'être désagréable à la vieille dame.

La présidente regarda le président :

— Tu trouves ça joli, toi, leur Duo.

— Pfou !

Mais Brunel insiste :

— Le *Duo villageois* est un petit bijou... et très bien joué.

— Ce n'est pas étonnant... Ils ont eu le temps de l'apprendre... Depuis trois semaines, ils le travaillent tous les jours... ensemble !

— Dame ! un duo... voyons !

— Et puis, fait Victoire, elle a la Foi !

— Et lui, l'Espérance ! ajoute Clémence, aigrement.

— Ah ! mesdemoiselles, répond Brunel, si vous aviez un peu la Charité !

Le marquis revient comme une bombe et court aux Morambeau :

— Mesdames, je vous en prie... C'est à vous ! n° 2 ; ne faisons pas attendre.

— Nous sommes prêtes, monsieur. Ces demoiselles ont même ôté leurs gants...

Et voyant reluire, sur les robes blanches, les longues mains rouges de ses filles, la présidente d'un geste les invite à les mettre en l'air pour faire descendre le sang !

— Mais puisqu'il ne descend pas, grogne Victoire.

—Qu'est-ce qui ne descend pas, mademoiselle?
fait le prince en lui offrant le bras.

Pendant ce temps Dufour entraîne la présidente vers le piano, et le marquis conduit Clémence qui soupire :

— Mais où est donc M. Testard ?

— Un beau jour, monsieur le Président! grimace Brunel.

— Pfou !

Et le président va se coller à la porte pour
entendre l'*Impétueuse*.

— A six mains, sur le même piano, fait Dufour en revenant ; le piano ne sera jamais assez
long... pour la demi-douzaine.

Testard arrive mystérieusement, le col de son
pardessus relevé, son chapeau sur le derrière de
la tête :

—Mon petit Brunel, tu n'as pas vu les jumelles?

— Les Morambeau ?

— Non ! celles du marquis, imbécile !

— Là, sur la cheminée.. justement.

— J'ai apporté de la craie... Ça sera très drôle... hein ?... Il sera vexé... Ça m'amusera... Je
vais lui frotter ses verres... Très drôle, hein ?

— Tu ne vas pas écouter l'*ouverture* ?

— Non ! Je me réserve pour le *Duo* !... C'est.

plus drôle et puis je fais de l'œil à Yvonne... Ça vexe le grand homme !... Oye ! le marquis !... C'est fait... rien vu, le vieux !

Et il replaça les jumelles sur la cheminée ; il était temps. Le marquis accourait, au milieu des bravos de l'auditoire !

— N° 3... Itzkany ?... C'est à vous... Préparez-vous, monsieur Pironneau; c'est à vous ensuite.

L'organiste se leva impassible et attendit. Le prince chantait. On entendait très bien du petit salon.

— Très joli ! il chante comme un artiste... disait Boulard à la baronne.

— C'est à faire douter de la principauté, chuchote madame de Minteville, en frottant son décolletage effréné sur les épaules de Brunel. Dufour les regarde, souriant.

— Il n'y a pas d'écriteau, glapit Dufour. Prenez garde à la peinture.

— La peinture ? soupire madame de Minteville. Où ça ? que je fasse attention à ma robe.

— Le fait est qu'elle est aux premières loges, reprend Dufour, à mi-voix.

— Sans balcon ! ajoute Testard ; allons donc fumer une cigarette.

Et par l'escalier du sous-sol, ils descendent au jardin. Georges arrivait à ce moment.

— Tiens ! le grand homme !

Bientôt après, le comte et Yvonne passaient devant eux.

— Voulez-vous me permettre, mademoiselle ?...

Et jetant sa cigarette, abaissant le col de son pardessus et redressant son chapeau, Testard offrit le bras à Yvonne :

— Ça me rappelle que je suis commissaire, fit-il en riant ; je l'avais oublié !

A ce moment, Bréhat sortait d'un massif auprès d'eux, comme d'un truc de féerie et saluait la jeune fille, en s'inclinant.

— Papa, fit Yvonne, c'est M. de Bréhat, le bienfaiteur de mes petites.

Les deux hommes échangèrent un salut, et, sans plus faire attention à Testard, la jeune fille prit le bras du commandant :

— Vous allez me conduire. Vous avez été à la peine, il est juste que vous soyez à l'honneur.

— Comment, à la peine ?

— Mais oui, le jour de notre quête ! vous savez bien... Votre querelle avec les Morambeau.

— Oh ! c'est oublié, ça !

Ils montèrent. Dans l'escalier, le trombone

éclatait. M. Pironneau s'escrimait sur les coulisses, en des variations tumultueuses. On riait un peu dans l'auditoire.

Dans le petit salon, la comtesse causait avec Georges. Yvonne courut à eux, laissant Bréhat un peu décontenancé. Il fit un pas pour sortir. Son oncle qui causait avec la baronne l'aperçut et courut à lui.

— Je te croyais dans la salle à manger.

— Non ! j'étais au jardin... Bonsoir, je m'en vais... j'en ai assez... Vos trombones de bienfaisance me prennent sur les nerfs... Je m'ennuie, je m'en vais...

Il descendait l'escalier fiévreusement.

— Tu t'en vas ! tu t'en vas... Attends-donc un peu... Nous sommes dehors, maintenant ; eh bien, je vais te dire.

Boulard avait pris le bras de son neveu et l'entraînait vers le fond du jardin.

— Oui, je vais te dire ; tu es amoureux, toi, mon garçon. Tu viens de guetter M<sup>lle</sup> Yvonne, dans le jardin ; tu arrives rayonnant, avec elle... Elle te quitte pour aller serrer la main de M. Maubray ; tu fais une grimace et tu te sauves... Tu es nerveux... tu es jaloux... Enfin, tu es amoureux.

— Ah ! ça, mon oncle !

— Tu devais rester huit jours avec moi, et voilà plus d'un mois... Ce n'est pas un reproche...

— Le pays me plaît !

— C'est la première fois... malgré la comtesse, qui aurait suffi, à la rigueur, pour te faire déguerpir... Enfin, il te plaît, tant mieux, et M<sup>lle</sup> d'Auffreville ne te déplaît pas.

— Et puis, après ?

— Eh bien ! après, ouvre les yeux, mon garçon; moi, je surveille tout cela depuis longtemps; ton rival fait de grands progrès.

— Ah !

— Ce que je t'en dis, moi, c'est pour ton bien, car je suis sûr que... au fond... Enfin, tu ne veux pas avouer, c'est ton affaire. Oui, il fait de grands progrès, des progrès sérieux, auprès de la jeune fille. L'aplomb lui pousse, et la timidité vient à Yvonne; mauvais signes !... Ah ! la musique ! comme je regrette donc que tu n'aies pas appris le piano. M. Maubray tourne, tourne et je remarque que le cercle se rétrécit de jour en jour.

— Ce petit jeune homme qui fait des effets de piano, la nuit, sur sa terrasse !... Ça ne prend que les vieilles femmes, ces machines-là...

—Ah ! oui, la comtesse !... Tu es dur !... A
propos, mon gaillard, tu es très discret, sais-tu ?
J'en apprends de belles sur ta Madeleine et sur
toi... Il y avait un enfant...

— Mon oncle, qui vous a dit ?

Et le commandant s'arrêta, brusquement remué.

— Qui m'a dit ? Enfin on m'a dit... C'est la
baronne, si tu veux savoir... Un enfant, c'est
gros... Tu t'en occupes, au moins, je pense...
Ah ! mon Dieu ! mais, j'y songe, c'est pour cela
que tu ne veux pas te marier.

— Rassurez-vous, mon oncle, il n'y a pas d'enfant !

— Il est mort ! tant mieux... c'est-à-dire...
Tiens ! tu me fais dire des bêtises.

— Il n'y en a jamais eu...

Bréhat s'était arrêté, très grave. On entendait
venir de la villa le *Voguons en chantant* des vieux
époux, une sorte de chevrotement mélancoli-
que, que des bravos, toujours ceux de 1850,
couvraient, par commisération. Puis il se fit un
silence ; Jean Dufour récitait ses vers.

Bréhat saisit le bras de son oncle, et ils recommencèrent à marcher. Le commandant avait
la voix émue :

— Tenez, vous me rappelez, là, une des angoisses les plus terribles de ma vie. Un enfant! oui!... Un jour, Madeleine ne vint pas, mais un mot d'elle, un mot terrible, le lendemain, me fit part de ses craintes... C'est ce qui me décida à brusquer la demande... Je me présentai chez le père : je ne fus pas reçu ; j'écrivis, pas de réponse... Je voulus voir Madeleine; peines perdues, et j'appris, quelques jours après, qu'on l'avait fait partir pour l'Angleterre avec sa gouvernante. En même temps, je recevais un ordre d'embarquement... Et de Madeleine, rien, plus rien !... M. Féréol, lui-même, venait de quitter Brest, nommé à Paris, médecin en chef de la marine... J'avais encore deux jours devant moi, je courus à Paris, je parvins à le voir... Un refus sec et sans motif, je ne pus obtenir davantage... Je partis... Impossible de correspondre ; je ne savais plus rien d'elle... Ce que j'ai souffert pendant cette longue traversée... Là-bas, j'appris qu'on l'avait mariée... Quand je revins en France, je voulus la revoir... Vous devinez ma question... Je ne pensais même pas aux reproches... mais l'enfant ?... avec quelle angoisse...

— Je comprends ! Diable !...

— « *Je m'étais trompée* », me dit-elle... Ah !
mon oncle, mon bon oncle ! quel poids de moins !...
Il me sembla que je redevenais maître de moi,
et que j'avais le droit d'oublier cet amour comme
un mauvais rêve... Un enfant ! pensez donc,
mais je ne m'appartenais plus... Heureusement...

— Enfin, tu es bien sûr ?...

— Comment ? bien sûr ?...

— La comtesse t'a bien dit la vérité ?

— Mais pourquoi voulez-vous ?...

— Je ne sais pas, moi, mais c'est que la baronne prétend que c'était un garçon... qu'on l'a
confié à la gouvernante...

— Miss Gordon ?...

— Elisabeth Gordon, justement...

— Sa gouvernante, en effet.

— Laquelle, moyennant finances, aurait consenti à le reconnaître.

— C'est un conte à dormir debout... C'est
absurde !... Quel intérêt aurait eu la comtesse...
à me cacher, à moi ! Non ! c'est impossible ! Au
contraire, elle m'eût confié le soin de cet enfant.
C'est absurde, mon oncle ; absurde, je vous dis.

— C'est que la baronne, généralement, est bien
informée...

— Oui, on prétend qu'elle est aux sources...
Ah ! ça, mais, à propos, qu'est-ce que vous complotez avec elle ?... Vous êtes bien souvent ensemble, maintenant.

— Je l'ai connue à Vichy... c'est une femme charmante... D'ailleurs, enfin, c'est un secret !

Boulard se rengorgea.

— Vous savez, défiez-vous ; je n'ai pas confiance.

— Es-tu fou ? La baronne Herrmann est bien connue. C'est un sculpteur de talent... Elle expose...

— Mon oncle, je crois, effectivement, que vous seriez... exposé !

— Elle a fait le buste de Germain (du Nord), de Picard (de la Gironde), de Bodin-Giroux. C'est une spécialité ; elle sculpte les hommes politiques.

— On dit même qu'elle les ausculte.

— Mauvaise langue ! Tiens, écoute la Menardi qui vocalise... On ne reconnaît presque pas l'air de *Lucie*... Voilà son morceau fini ; on ne l'applaudit qu'à moitié...

— C'est une jolie femme, et il n'y a presque pas d'hommes.

— Encore *la Mouche*, et puis, la comtesse entre en scène ; nous profiterons de sa comédie pour faire un tour au foyer ; ça me fera plaisir... hein ?

— Si vous y tenez...

— J'y tiens et je te tiens, mon gaillard ! Et je pense qu'un marin ne doit pas fuir ainsi devant l'ennemi... devant les ennemis, car on prétend que Testard, aussi...

— Il cherche une savonnette à vilain !

— Ne dites pas de mal des vilains ; votre oncle en est, monsieur *de* Bréhat !

— Il y a vilains et vilains, mon oncle... Ah ! Testard aussi... ce petit grotesque... cet avorton...

— C'est bien, mon brave Pierre, j'aime cette noble indignation ; au besoin, je l'exciterais : *Kiss ! kiss ! kiss !*... d'autant plus qu'en anglais, ça signifie... Enfin, c'est de bon augure...

Au petit salon, quand ils remontèrent, Yvonne causait dans un coin avec Georges, Testard arrangeait sa cravate devant une glace et M. Pironneau avait repris, sur sa chaise, sa pose de divinité hindoue. Les artistes, dans le vestibule, se pressaient contre la porte du salon pour écouter la comédie.

Comme Boulard et Bréhat entraient, Testard

se retourna et apparut constellé de décorations... Le commandant ne put retenir un éclat
de rire, et, le montrant à son oncle :

— Si jeune... hein ?

— Il va l'exécuter, pensa Boulard... Quand
je dis qu'il est amoureux !

Bréhat s'était approché de Testard ; soule-
vant le revers de son habit, il semblait regarder
avec intérêt la petite collection.

— Et officier d'académie... Vous écrivez
donc ?...

— Mais oui... j'écris... j'ai écrit...

— A Rome ! car c'est l'*Académie Romaine*.

— Une fantaisie.

— Coût 5oo francs.

— Quand on peut payer... Ça, c'est l'Atha-
nase IV.

— C'est plus cher.

— Oui, mais j'y tenais beaucoup.

— A cause du ruban ? Combien ?

Testard se pencha vers lui, et, mystérieusement :

— A vous, je puis bien le dire... cinquante
louis.

— Ça fait cher, le mètre ! fit Bréhat, très
haut.

Testard, reprit, plus bas, en cherchant à s'é-
chapper :

— Quand on peut payer !

Mais le commandant le tenait et ne paraissait
pas disposé à le lâcher. Yvonne avait levé la
tête et souriait ; Boulard s'épanouissait en pensant :

— Il le coule ! il le coule !

Et Testard, bon gré mal gré, retenu par le
revers de son habit, essayant de bien prendre
la plaisanterie, expliquait sa brochette :

— Le Merle Blanc de Perse ; l'Aigle Bleu de
Turquie ; l'Autruche de Bolivie ; l'Albatros de
Hongrie ; le Pélican d'Australie...

— Et le Serin des Canaries, fit Bréhat, en le
laissant aller.

Puis, le rattrapant :

— A quand la Jarretière ?

— Je n'y tiens pas, glapit Testard.

— Je comprends... avec le pantalon !... du
moment que ça ne se voit pas...

— Parbleu ! ce n'est plus une décoration.

Testard allait s'esquiver, quand Bréhat le
reprit encore, et, plus narquois :

— C'est égal, il y a quelque chose qui vous
manque...

— Quoi donc ?

— Un nom !...un titre !...

Testard écoutait, ahuri, ne sachant plus que dire, peu désireux de se faire une affaire avec le commandant et n'étant pas bien sûr, d'ailleurs, qu'il eût intention de l'offenser. D'autant que la voix de Bréhat devint tout à coup bienveillante et qu'il affecta de la baisser au ton d'une causerie sympathique,

— Il est certain que votre nom n'est pas en rapport avec vos décorations.

— Ni avec votre fortune, ajouta Boulard, presque paternel, dans la joie de voir qu'Yvonne ne perdait rien de la conversation.

Et il reprit, avec une nuance de bonhomie où le notaire semblait apparaître :

— Pourquoi n'en avez-vous pas pris un autre?

— Tout bêtement, fit Bréhat.

— Prendre ! non ! protesta Testard ; acheter ! je ne dis pas.

— C'est juste ! quand on peut payer.

— Je me suis adressé au Pape.

— Comte Romain !... C'est égal ! il y a toujours Testard... C'est ennuyeux, Testard... à perpétuité ; car vous n'avez même pas l'espoir de passer grenouille, vous?

— Farceur de commandant !

— Pourquoi ne prononcez-vous pas Tessetard?
C'est bien mieux, Tessetard... Ça allonge... ça
corse... ça relève... Ce n'est pas mal Tessetard.

— Jules Tessetard... Le comte Tessetard...
répétait bienveillamment le notaire.

Testard réfléchissait :

— C'est une idée... Et puis, ça devait se prononcer comme ça, autrefois, fit-il tout à coup.

— Oui, conclut Bréhat, avant la Révolution !...
Imbécile !... murmura-t-il, en tournant le dos...

— Merci !

Et Testard put s'échapper, enfin, sautillant,
empressé de se dérober au sourire qu'il crut apercevoir vaguement sur les lèvres d'Yvonne. Celle-
ci se leva et vint au commandant :

— Vous êtes cruel, commandant ! Ce pauvre
Tessetard est si peu gênant... Et vous l'avez
jeté par dessus bord...

— Il n'a pas le pied marin, dit Bréhat, s'efforçant de sourire, mais nerveux encore...

— Non, fit Brunel, qui écoutait de loin depuis
quelque temps déjà ; et, tout bas, dans l'oreille
de Boulard, en lui montrant le futur comte qui
serrait de près la Menardi, dans le vestibule, le
*jeune romancier de beaucoup d'avenir* ajouta:

— Il préfère le plancher des vaches !

Yvonne avait pris le bras de Bréhat et l'entraînait :

— Savez-vous que nous ne sommes pas gentils pour la comtesse ! Allons donc un peu écouter sa comédie... Qui m'aime me suive !

Boulard et Brunel acquiescèrent d'un pas empressé. Georges hésita un moment ; puis, lentement, comme fasciné, il les rejoignit près de la porte du salon.

M. François Pironneau gardait toujours, sur sa chaise, sa belle attitude immobile de Bouddha.

# XI

L<small>E</small> marquis, sur le sommet d'une roche, entouré de haveneaux, de paniers et de filets, braquait ses jumelles vers l'horizon, par le N. O.

— Il est superbe à marée basse !

Un cri perçant retentit :

— Marquis ! marquis ! Il va se sauver ! Venez donc m'aider à soulever cette pierre.

M. de Kercozannet posa sa lorgnette sur un châle et descendit vers madame Morambeau aux prises avec un crabe; au même instant, Testard, qui guettait depuis longtemps déjà quelque absence, se précipita sur les jumelles et, redescendant un peu de l'autre côté, avec sa prise, s'assit et se mit à dévisser les verres.

— Je vous y prends, fit Bréhat.

— Dites-donc rien ; je lui mets des verres rouges.

— Vous feriez mieux de pêcher des crevettes.

— Il n'y en a pas ! Il n'y en a jamais eu.

— Mais alors ?...

— Ce n'est pas ça qu'on pêche.

— Quoi donc ?

— C'est la pêche aux gendres.

— Madame Morambeau ?...

— C'est pour cela qu'elle a organisé cette partie à La Guimoraye, mais je crains bien qu'elle n'en soit pour ses frais...

— Allons donc, riposta Bréhat avec une nuance de raillerie. Est-ce que vous ?...

— Moi ! mais d'abord, moi, je n'épouserais qu'une fille noble, moi !

— Tessetard... ne l'oublions pas ! Eh bien, et vos affaires ? il paraît que le Pape se fait tirer l'oreille.

— Ça n'a pas pris ; je ne sais pas pourquoi... Mon archevêque ne m'a pas appuyé. Il en a pourtant fait nommer un tas d'autres... Il me trouve trop parisien !...

— Il est sévère, l'archevêque !

— Oh ! ça m'est égal ! La noblesse romaine, vous savez !

Et Testard fit une petite moue dégoûtée qui montrait bien du mépris pour la chancellerie pontificale ; il reprit peu après avec un mouvement de tête et un clignement d'yeux tout à fait rassurant :

— J'ai mieux que ça ! Comte romain, allons-donc !... Je serai marquis français ; tenez !

Il tendait à Bréhat un numéro du *Figaro* :

— Là !

Sous le doigt de Testard, à la quatrième page, le commandant lut l'étrange annonce qui suit :

*Un marquis français authentique désire adopter un jeune homme riche et bien élevé. Ecrire au bureau du journal, aux initiales M. K.*

— J'ai écrit hier. Oh ! le marquis ! Il n'était que temps pour la lunette !

Le marquis, en effet, remontait vers son poste
d'observation, en haussant les épaules, comme
protestant contre le dérangement que la vieille
dame venait de lui causer. Testard adroitement
avait replacé les jumelles sur le châle et s'était
retourné vers Bréhat.

— Ayons l'air de pêcher ; vous allez voir sa
tête !

Bréhat restait là, les yeux serrés comme par
une recherche intérieure !

— M. K. ? si c'était ?... Oh ! je parierais que
c'est...

Sa figure se détendit et ce fut avec un sourire
qu'il s'approcha du marquis.

— Eh bien ! voilà une belle journée...

— Il est superbe !...

Le marquis faisait un geste dans la direction
du cap Fréhel, pendant qu'il se penchait pour
reprendre sa lorgnette. Son regard se porta sur
les paniers et les filets ; il fit une grimace.

— Si vous croyez que ça m'amuse ! On m'a
donné la garde des engins de pêche ; quelques-
unes de ces dames ont même cru pouvoir y joindre leurs châles ou leurs manteaux. Je trouve
qu'on abuse !... Un marquis de Kercozannet !

— M. K. !... conclut intérieurement le com-

mandant, et comme pour affirmer sa certitude
naissante, il reprit à voix basse : M. K !

— Hein ?... fit le marquis avec un léger sursaut, croyant avoir entendu quelque chose et les
yeux fixés sur le *Figaro*. Qu'est-ce qu'il dit
donc ?... Il a le *Figaro* ! Est-ce qu'il m'aurait
deviné ?

— Vous êtes trop bon, voyez-vous.

— Vous avez raison... c'est pour la comtesse !...
mais il y a une borne...

— On l'a franchie !

— Et Ponsard l'a dit :

*Quand la borne est franchie, il n'est plus de limite.*

On va jusqu'à se permettre des plaisanteries à mon égard... des plaisanteries douteu-
ses ! Il y a un polisson... je ne sais pas qui,
heureusement pour lui... qui s'acharne après cet
instrument ; on me le cache, on le barbouille de
craie ; au concert, j'ai failli faire un éclat...

— Il est toujours temps ! fit Bréhat, les yeux
fixés sur les verres rouges, ayant grand'peine à
contenir une folle envie de jouer à Testard le
mauvais tour de le mettre aux prises avec le
marquis.

Celui-ci secoua la tête et redevint piteux :

— Vous en parlez à votre aise, vous ! Vous êtes indépendant. Il faut que je ménage la comtesse et toute sa... ménagerie. N'ayez pas peur, le jour où j'aurai seulement deux cent mille francs, c'est moi qui leur dirai toutes leurs vérités... Mais c'est pénible, allez ! de ne pas pouvoir... Et quand on pense qu'un fils des preux !.. tandis qu'un fils d'épicier comme ce Testard...

— Ce n'est pas juste ; mais tout se répare ; l'indépendance s'acquiert. Il a de la fortune et pas de nom ; vous avez un nom et pas de fortune... Ça peut s'équilibrer... M. K !

Le marquis se sentit remué ; il se contint et reprit, comme indifférent :

— Je ne dis pas non ! Je sais... oui...

— L'un a des titres... de rente et l'autre... de noblesse !... Un bon petit partage ?... M. K ?...

Cette fois Bréhat regardait le marquis bien en face et lui avait jeté directement les deux consonnes et semblait l'interroger.

— Il est certain... balbutia le marquis.

— Une adoption, poursuivit le commandant, en lui montrant Testard qui se rapprochait peu à peu.

— Testard ?

Et le marquis mit dans ce nom comme la protestation de six siècles de noblesse. Bréhat
souriait :

— Pardon ! Tessetard ! nous prononcions
mal...

— Tessetard, c'est mieux ! reprit le vieux
Breton, un peu rasséréné... c'est beaucoup moins
mal...

— Avant la Révolution on ne prononçait pas
autrement.

— Ah !

— Riche, continua le commandant.

— Eh !

— Très riche...

— Hi ! hi !

— Mal élevé...

— Oh ! oh ! oh !...

— Enfin, toutes les conditions... Et il en
meurt d'envie !

— Uh ! uh ! uh ! uh !

Le marquis eut un dévergondage de petits
rires qu'il arrêta soudain !

— Dame !... vous croyez ?... vrai ?...

Les deux hommes se regardaient.

Bréhat mit un doigt sur le journal et leva la
tête vers le marquis avec un sourire encou-

rageant dans son interrogation, et il dit à peine :

— M. K ?

Le marquis baissa la tête et répondit d'une voix plus faible encore mais pleine d'a-veux :

— M. K !

Alors, du journal tendu montrant à Testard le bonhomme qui tremblotait dans l'attente, le commandant accentua fortement les deux lettres indicatrices :

— M. K.

— M. K ?... beugla presque Testard, en cou-rant vers le marquis, la main tendue.

Celui-ci remua plusieurs fois la tête lentement mais il eut peine à faire sortir de sa gorge ser-rée l'assentiment demandé : M. K...

Tout le sang des ancêtres venait de lui mon-ter au gosier... Il ouvrit machinalement les bras et bêtement Testard s'y précipita. Bréhat qu'une gaminerie d'amoureux envahissait de plus en plus, étendit les mains sur eux et fit le geste de les bénir, en riant :

— M. K... . . . . . ...

Il ajouta :

—Vous n'avez plus qu'à vous entendre sur les

détails ; il y a un nid de crevettes de ce côté-là ; allez donc pêcher !

— Marquis, je vous en prie, confiez-moi vos jumelles ; permettez-moi...

Et Testard, effrayé à la pensée des verres rouges, essayait d'escamoter le corps du délit, mais le fils des preux tenait à son appendice.

— Non ! merci... ce n'est pas lourd, et puis vous savez, j'ai l'habitude...

— Hein, dites-donc, fit tout à coup Bréhat dans l'oreille du jeune homme, s'il allait s'apercevoir !...

— Est-ce que je pouvais me douter que c'était lui ...

— Et la voix du sang, malheureux... qu'en faites-vous !... Vous avez joué des tours pendables à votre futur père !

Mais l'adoptant s'éloignait au bras de l'adopté ; le commandant cria :

— Et les vêtements... et les engins de pêche ? marquis !

— Je m'en fiche un peu ! Ils se garderont tout seuls !...

— A la bonne heure !... riposta Bréhat ! je vous retrouve enfin ! L'indépendance ! M. K...

La mer montait maintenant et refoulait les pêcheurs vers le rivage. En redescendant, le commandant aperçut Yvonne sautant légèrement de roche en roche et fouillant tous les creux de son haveneau. Il marcha vers la jeune fille et n'était plus qu'à quelques pas d'elle, quand il la vit chanceler, et, dans un effort pour reprendre l'équilibre, elle allait tomber à la renverse, mais, vite accouru, il fut assez heureux pour l'entourer de ses bras et la soutenir.

Yvonne poussa un petit cri, moitié de peur et moitié de joie d'avoir évité la chute.

— Vous ne vous êtes pas fait mal, mademoiselle ? Appuyez-vous sur moi... Là... Essayez de marcher...

— Oh ! j'ai eu peur. Le pied m'a tourné et sans vous, monsieur...

— Je suis heureux de m'être trouvé là...

Il y avait tant de tristesse et tant de gravité dans la réponse de Bréhat, que la jeune fille en fut frappée :

— Comme vous dites cela !

— Je vous le dis, comme je le pense, gravement, sérieusement... Et puisque l'occasion s'en présente, bien que vous soyez encore un peu jeune pour me comprendre, mademoiselle, permettez-moi... de vous dire ; mais je ne sais si je dois...

— Mais, parlez-donc, monsieur ; j'ai beaucoup de confiance en vous, et je n'hésiterais pas, moi, si j'avais quelque chose à vous dire...

Bréhat rougit comme un amoureux ; voilà qu'il devenait timide, à présent ; il cherchait ses phrases et n'arrivait pas à en mener une seule à bout.

— Oh ! c'était bien simple... Il y avait des moments dans la vie... Elle le comprendrait plus tard... On avait besoin d'un ami .. une jeune fille dans un tel milieu... et, seule !... Il y avait des chagrins, des épreuves, des dangers, peut-être... Oh ! oui, il y avait des dangers...

Yvonne ne comprenait rien à ces demi-mots et lui demandait de les expliquer ; mais Bréhat n'osait pas, ne pouvait pas, ne voulait pas ; il craignait d'être trop compris, préférant se laisser deviner peu à peu, honteux à la peur de ne pas être écouté s'il parlait ouvertement, d'être repoussé peut-être, s'il disait le fond de sa pensée. Toût à coup il releva la tête et, regardant Yvonne bien en face, comme il devait regarder la mer, calme et cependant au loin pleine de tempêtes, très ému, la voix ferme, pourtant, le commandant ajouta :

— Retenez seulement que je suis entièrement à vous, et si jamais vous pensez avoir besoin d'une amitié loyale et sincère, je vous en supplie, mademoiselle, rappelez-vous que je suis là.

Yvonne lui tendit la main, saisie par la solennité de cette déclaration.

— Je vous remercie, monsieur.

Tout à coup, croyant répondre parfaitement aux pensées intimes du commandant et pour être grave à son tour, elle reprit :

— J'ai beaucoup d'estime pour vous.

— D'estime ? fit Bréhat, navré.

— L'estime d'une petite fille, cela vous fait rire...

— Non.

— Oh ! commandant !... On dirait que cela vous fait... pleurer !...

— Mademoiselle !...

Par un puissant effort sur lui-même, Bréhat se contint, serrant les lèvres dans un sourire grimacé. Yvonne comprit qu'elle l'avait attristé et ce fut avec toute la bonté et toute la grâce de son cœur qu'elle lui dit :

— Enfin... j'accepte, et si je tombe une autre

fois, je vous appellerai. Seulement, tâchez de
vous trouver à portée, comme aujourd'hui...
pour me recevoir dans vos bras.

— Chère enfant !

Sans force pour cacher l'émotion qui le poignait, vite, le commandant se détourna, et, fei-
gnant de rejoindre des pêcheurs sur une roche
voisine, comme un enfant, il se sauva.

Yvonne restait là, troublée de son trouble,
triste de sa peine, mais sans comprendre encore
le mot de cette énigme douloureuse. Curieuse,
elle cherchait le secret motif de cette émotion
bizarre chez un homme de l'âge de Bréhat, et
lorsque, de déduction en déduction, rappelant
tous ses souvenirs depuis un mois, scrutant les
moindres circonstances, fouillant les paroles les
plus légères, elle en vint à entrevoir tout à coup,
et vaguement et sans oser s'y arrêter, la raison
véritable de ces étrangetés qui l'avaient frappée,
elle chassa bien vite cette pensée, qui ne pouvait que leur faire de la peine, à tous deux.
Non ! cela n'était pas ! Il ne fallait pas que cela
fût. Alors une autre image passa devant ses
yeux, à laquelle elle sourit comme à une diversion souhaitée. Elle se voyait au piano, tout
près de Georges, jouant avec lui, devant ce

public qui les avait tant applaudis, le joli *Duo
Villageois*, et puis, seule avec Georges, dans
la bibliothèque, écoutant, dans le silence de la
musique et dans le doux crépuscule, le mot qui
avait frappé magiquement ses oreilles. L'amour!
Malgré elle, très doucement, la mélodie des instruments chantait sur ses lèvres ; il lui semblait
qu'elle en était caressée, et les paroles du jeune
homme tintaient à ses oreilles et bourdonnaient
dans sa tête et palpitaient dans tout son corps.
Elle les entendait partout en elle, sous la chanson qu'elle fredonnait vaguement :

— Le pâtre a pris les mains de la bergère
qu'il sent frissonner dans les siennes. Leurs
regards qui se rencontrent se détournent soudain... Ils sont là, immobiles... silencieux, les
yeux baissés... et c'est... l'amour !

Elle rencontra Victoire et le prince qui se
tenaient par le bras et se souriaient, penchés
l'un vers l'autre. Elle rougit et s'éloigna bien
vite, n'osant pas leur parler en ce moment, et
voulant demeurer tout entière à ses pensées.

Georges ! Pourquoi n'était-il pas là ? Depuis
huit jours, depuis le soir du concert, personne
ne l'avait revu. Pourquoi cette abstention ? C'était
au moins singulier et peu poli pour elle. Il n'é-

tait même pas venu la remercier d'avoir joué
son duo. Pourquoi ? Le comte, lui-même, en
avait été choqué comme d'un manque de savoir-
vivre. Yvonne était toute honteuse qu'on pût
trouver M. Maubray en défaut de cette façon.

La mer montait très rapidement. Yvonne,
pieds nus, marchait insoucieuse dans les flaques
d'eau et les petits ruisseaux qui commençaient
à courir vers le rivage. Elle aperçut la baronne,
venue en toilette de ville, malgré les avis, et que
le sous-préfet, le nouveau, M. Girard, emportait
dans ses bras. Madame de Minteville, en costume de bain, très heureuse de pouvoir exhiber
ses bras nus qu'elle croyait fort beaux, parce
qu'ils se développaient suivant une progression
croissante du poignet à l'épaule, faisait sautiller
ses rotondités quintuples, au bras du beau
Charil, dont un foulard rouge et de très longs
gants de Suède protégeaient les blancheurs
sacrées.

Yvonne allait toujours à travers la grève,
vers le bois du Lupin, où l'on devait déjeuner
à une heure, et les couples et les groupes se
pressaient tous vers ce même point.

Le président et sa femme se hâtaient pour
accueillir leurs invités, suant et soufflant sous

le poids des pantalons mouillés et l'ardeur du
soleil qui les rôtissait dans leurs blouses.

M. Morambeau poussait des *pfou* désespérés
et regardait son accoutrement de pêche, depuis
le vieux chapeau de paille jusqu'aux espadrilles,
avec un air de reprocher à sa femme la presque
inconvenance de cette exhibition. Un tel costume, à un homme comme lui !

La présidente, habituée à le comprendre dans
son silence, bougonnait entre ses dents :

— Et moi donc ?... Si tu crois que c'est pour
toi que je me suis déguisée de la sorte ! Pense
à tes filles !... Le prince est d'un empressement
auprès de Victoire !.... M. Testard est plus
froid... mais ça reviendra... d'un moment à l'autre. Surtout, ayons l'air de nous amuser... C'est
une partie de pêche... soyons *nature* !

Jean Dufour et Rafaella causaient de Paris,
en arpentant le sable, un peu embêtés par cette
niaiserie provinciale qui les enveloppait. Clémence, Miss Cécilia revenaient, sous la protection du commandant, qui faisait une cour inté-
ressée à la gouvernante, espérant la faire parler
d'Yvonne.

La comtesse et M. d'Auffreville avaient quitté
Paramé vers midi, et arrivaient en break par

la grande route. Boulard et Brunel, venus dans le coupé du maire, s'étaient étendus dans le petit bois, en attendant l'arrivée des pêcheurs. Le marquis et Testard, tout à fait d'accord, en principe, et n'ayant plus à s'entendre que sur les voies et moyens de l'adoption, marchaient de conserve vers le déjeuner, épanouis dans l'entière satisfaction de leurs rêves.

Yvonne, qui avait manœuvré depuis une heure pour cheminer seule avec ses pensées et s'y absorbait de plus en plus, venait d'entrer dans le bois et s'orientait aux rires et aux éclats de voix pour gagner la clairière où la nappe était étendue. Au détour d'un sentier, tout à coup, devant elle, parut Georges qui la guettait depuis longtemps, caché dans un pli du terrain et qui était venu l'attendre là. La jeune fille fit un bond.

— Vous !... Bonjour !... Eh bien ! vous êtes poli. Je joue un morceau de vous au concert et vous n'êtes même pas venu me remercier. Il paraît que vous êtes redevenu sauvage ?

Georges se tut un moment, et, comme rassemblant tout son courage, il dit d'une voix presque ferme, mais avec hâte :

— Mademoiselle Yvonne, je vous aime.

— A la bonne heure, répondit la jeune fille, avec un petit rire nerveux ; vous êtes franc !

Puis elle rougit très fort, et tous deux restèrent l'un près de l'autre, n'osant plus se parler.

Yvonne, alors, releva la tête et regardant Georges à la dérobée, avec un sourire radieux, elle lui tendit la main.

— Comme je suis heureux! cria le jeune homme, tout fier de serrer la petite main gantée. Pensez-donc, voilà deux ans que mon secret m'étouffe... J'étais loin de vous et je n'osais pas m'approcher ; alors je fuyais le monde. Tout à coup, vous êtes venue à moi ; je vous ai parlé... J'ai passé près de vous des heures charmantes. Peu à peu mon cœur s'est ouvert et mon secret s'est envolé... Alors la peur m'a pris, et je suis redevenu sauvage, comme vous dites. Depuis huit jours, je cherchais comment je vous dirais ce que je viens de vous dire tout à l'heure... Mais c'est fini! ce matin, j'ai pris une grande résolution et je suis parti bravement, bien décidé à tout vous dire. En route, j'ai rencontré un bonhomme que je connais depuis longtemps et que je ne saluais même pas ; je lui ai tendu la main... Sauvage, moi, allons donc! je serre la main aux passants !

Georges s'animait. Lui si calme, d'ordinaire, on eût dit qu'il se grisait de ses paroles et qu'il s'en voulait griser. Yvonne l'écoutait, un peu surprise, unissant dans sa pensée les aveux du jeune homme à ses propres souvenirs.

Il l'aimait ! ne le savait-elle pas, depuis le soir de la bibliothèque... Ils étaient au piano... Il parlait... Tout à coup sa voix lui parut plus grave et ses paroles émues. Elle se sentit rougir... et vit qu'ils étaient dans le noir, seuls... Elle eut peur et se sauva... Et le soir du concert, elle était assise auprès de son père, n'osant pas regarder du côté de Georges !... Car elle le devinait tout près d'elle. Alors il s'approcha et lui offrit le bras pour la conduire au piano. Elle sentait bien qu'il avait peur, un peu ; elle tremblait, elle ! Ils avaient joué, très bien, paraît-il, puisqu'on les avait applaudis. On les avait rappelés. Elle était rayonnante ; lui, semblait confus... Ils n'avaient pas osé se parler... Jamais elle n'avait éprouvé rien de semblable, et, le lendemain, en y pensant, elle s'était dit : c'est de l'amour...

— Ah ! fit-elle tout à coup, je ne m'étais pas trompée... Et cependant, en ne vous revoyant plus depuis huit jours... figurez-vous, j'ai eu peur que ce ne fut rien que de la musique...

Et ils rirent tous les deux, gentiment.

— Alors, reprit Yvonne, vous allez être très brave avec mon père...

— C'est vrai ! il va falloir...

— La demande en mariage ! Il y a chez une de mes tantes une gravure qui m'a toujours fait rire... Les parents sont assis ; le monsieur arrive... Ah ! mais non ! il ne faut pas que je vous déconcerte d'avance...

— La demande !... C'est cela qui me fait peur !... Est-ce que je plais à votre père ?... S'il allait me refuser...

— Vous refuser !... Puisque je vous accepte... Vous ne le connaissez pas. Il n'a pas de volonté, et du moment que je veux...

— Ah ! fit Georges, je ne suis pas rassuré.

Et il disait ses craintes à la jeune fille. Il n'était pas noble, lui... Un tout petit bourgeois et encore un étranger presque... Son père faisait le commerce des grains à Granville, où il avait épousé sa mère, une modeste gouvernante. Il n'avait pas de parents en France et ne connaissait pas ses parents d'Angleterre. La lutte pour la vie avait jeté M. Maubray loin des siens, de bonne heure, dans le souci des affaires qui n'étaient devenues heureuses qu'après le mariage avec M^lle^ Gordon, dont la petite fortune, acquise au service des autres, avait permis de développer tout à coup un commerce qui périclitait. De petites gens, ces Maubray et ces Gordon, dont il ne savait rien, car son père ne parlait guère, et sa mère, si bonne pourtant, n'aimait pas à rappeler le passé! Sans doute la lutte avait été si pénible qu'une amertume était restée dans l'âme de madame Maubray. Et Georges n'était pas très riche, ce qui parfois compense bien des choses...

— Je vous dis tout cela simplement, fit-il, mais je sens que quand il faudra le dire à votre père... j'aurai peur...

— Peur? encore!

— Surtout qu'on ne calomnie la sincérité de mon amour et qu'on ne veuille y chercher... qui sait? un calcul peut-être...

— Mon Dieu! comme vous êtes compliqué! Mais on ne se déciderait jamais, si on pensait toujours à tout, auparavant. Faites comme au bain, le plongeon! L'eau est froide, c'est possible, mais vous ne vous en apercevez que dedans... Et puis, nous sommes fous... Vous ne pouvez pas dire cela vous-même, et puisque vous n'avez pas de parents, il faut trouver quelqu'un... La comtesse!...

— La comtesse ?... Non !

— Elle a beaucoup d'influence sur mon père. Elle fait de lui tout ce qu'elle veut... Papa a très grande confiance en elle... Demandez-lui de plaider votre cause...

— Oh ! cela, je ne pourrai jamais...

— Pourquoi ? Elle vous aime beaucoup ; elle le dit à tout le monde. Elle s'intéresse à vous, à votre avenir... Eh bien ! mais il s'agit de votre avenir, monsieur !

— Vous voulez que je le lui dise ?...

— Que vous m'aimez, que je vous aime, que nous voulons nous marier et que nous comptons sur son appui. Ah ! d'abord, si vous ne le lui dites pas, je serai bien obligée de le lui dire, et ce ne sera pas convenable... Tant pis ! Ce sera votre faute ; je me compromettrai... Et pourquoi avoir peur ? Elle est si bienveillante !...

Bienveillante, certes ; Georges le savait bien. Mais il y avait dans ses manières quelque chose qui l'arrêtait parfois. Il aimait beaucoup la comtesse et il était heureux de l'avoir connue. Elle lui avait dit, en poésie et en musique, des choses que personne ne lui avait apprises encore. Il l'aimait pour son esprit ; il l'aimait pour son cœur ; il voudrait pouvoir lui exprimer

toute sa reconnaissance et toute son affection ;
il ne pouvait pas...

— Vous allez rire, fit-il, en regardant Yvonne ;
c'est plus fort que moi : il y a des moments où
j'ai peur d'elle.

— Petit provincial, dirait la comtesse, et moi,
Georges, je vous dis : faites un effort. Prenez
votre cœur à deux mains... et le mien avec. Tout
dépend d'elle !... Si elle veut, mon père dira :
Oui !... Eh bien ! c'est entendu ?... Vous parlerez ?

— Oui !

— Tenez ! ce soir, la comtesse nous emmène
dîner...

— Ce soir ?... C'est que je ne l'ai pas vue
depuis huit jours...

— Allons ! du courage...

Yvonne s'était dégantée...

— Du courage ! reprit-elle, et de nouveau
elle tendit la main à Georges, qui doucement
y appuya ses lèvres.

— Et maintenant, dit la jeune fille, sauvez-
vous ; il ne faut pas que nous ayons l'air de
comploter ensemble... mais revenez déjeuner
là, sur l'herbe, avec nous. Vous êtes invité.

— La comtesse y sera !...

— Ah ! poltron ! Il faudra donc que je vous

jette à l'eau. Eh bien! sauvez-vous; je vous
donne l'après-midi pour préparer votre discours. Je vous tiens quitte du déjeuner, mais
arrangez-vous pour vous faire inviter à dîner
chez la comtesse.

— Je guetterai son retour à la villa et je la
verrai avant le dîner ; je vous le promets.

Un bon *shake-hands* scella cette promesse et
Georges se mit à courir vers le rivage, pendant
qu'Yvonne, au bruit des voix, se dirigeait vers
la clairière.

— Eh bien! mademoiselle, avez-vous pris
quelque chose ? fit tout à coup Brunel, accou-
rant vers elle.

Yvonne sourit à ses pensées.

— Et vous, comtesse ?

Et le jeune homme se précipitait vers M^{me} Dupuis-Miron qui arrivait, absorbée dans la lecture d'un gros volume broché *in-8°*.

Il s'arrêta.

— Toujours Herbert Spencer ?

— C'est si intéressant !

— Vous comprenez ça, comtesse ?

— Mais c'est d'une clarté absolue, mon pauvre Brunel.

— Montrez-donc... *Psychologie...* Ah ?

Jacques prit le livre qu'il ouvrit au hasard et lut :

— *Lois de l'intelligence... Dans la succession des changements psychiques, sans doute, il se produit diverses combinaisons, dont on ne peut aisément rendre compte dans l'hypothèse que la force de la tendance qu'a l'antécédent d'un changement psychique quelconque à être suivi par son conséquent est proportionnée à la persistance de l'union entre les choses externes qu'ils représentent.* Ah ! c'est d'une clarté !... oui !...

A bout de souffle, Jacques respira comiquement et, refermant le livre, avec une tape sur la couverture, il le rendit à la comtesse.

— Vous ne comprenez pas ? dit Madeleine.

— Non, mais je n'en puis plus. Les phrases sont un peu longues... Voilà un philosophe qui n'est pas comme le président, il m'a l'air d'en dire plus qu'il n'en pense ! Vous devriez bien bien m'expliquer ça !

— Oh ! c'est très simple.

— Voyons ! je ne serais pas fâché...

— Mais vous ne comprendriez pas.

— C'est encore possible.

— Et puis, vous savez, une phrase... prise

au milieu d'un livre... au hasard... il faut avoir
lu le commencement...

— Oui, oui, fit Brunel, et, regardant le volume, il s'aperçut que les premières pages n'é-
taient pas coupées.

— Depuis le temps qu'elle le lit, pensa-t-il !

La baronne, au bras du sous-préfet, apparut
dans son joli costume rouge, un éblouissement.

— Qu'avez-vous pris ? fit Brunel.

— Rien... Le sous-préfet non plus.

Jacques parut chercher le fonctionnaire. La
baronne indiqua son compagnon :

— Le nouveau, M. Girard... arrivé de ce
matin.

— Par l'express de 8 h. 40, monsieur, fit l'aimable nouveau venu.

— Et déjà à la mer, riposta Brunel. C'est très
aimable à vous, monsieur le sous-préfet, d'avoir
bien voulu honorer cette petite fête...

Girard s'inclina :

— L'art et la bienfaisance sont sœurs, monsieur, et l'administration a le devoir de les encourager.

Brunel fit un haut-le-corps, et se penchant
vers la baronne :

— Il croit donc que c'est pour les pauvres ?

La baronne sourit :

— Il est un peu distrait. Vous avez dit petite fête...

— Ah ! c'est la réplique... Très commode ! Ils n'écoutent que la fin des phrases...

— S'il fallait tout entendre, mon cher, ils n'y résisteraient pas, un mois...

— Ils ne résistent pas beaucoup plus long-temps.

— Une fois mariés, ils n'ont plus rien à faire...

— La République est une mère, conclut Brunel, en riant, et il courut à Clémence que Dufour accompagnait :

— Qu'avez-vous pris, mademoiselle ?

— Des goémons, monsieur.

— C'est gentil, ça ! Moi, des cailloux !

Et Dufour fit une grimace.

— Et toi, philosophe ?

— Moi, dit Charil, moi, je n'ai rien pris !... J'ai été pris et on ne m'y reprendra plus. Regardez.

Il sortait un crabe de son panier.

— J'ai fourré la main sous une roche et, quand je l'ai retirée, j'avais l'index plus long... de ça !

Clémence sauta, en criant :

— La vilaine bête !

— Le beau crabe, dit la baronne.

— Beau, c'est possible, répliqua Dufour, mais
il pince... Ah ! je vais te fourrer dans l'eau
bouillante, toi, et pincera bien qui pincera le
dernier.

La comtesse s'était approchée :

— Je ne comprends pas qu'on prenne plaisir
à faire du mal aux bêtes.

Dufour protesta de la tête et laissa retomber
le crabe dans son panier. Charil sourit à Madeleine et, lui prenant le bras :

—Vous êtes meilleure pour elles que pour
nous, comtesse.

M^me Dupuis-Miron se dégagea d'un mouvement maussade et s'éloigna. Dufour qui avait
suivi la scène se pencha à l'oreille de Charil :

— Comme elle est devenue sauvage !

— Ça se gagne, à ce qu'il paraît ?

— Avec qui ? Ah ! Maubray... le petit indi-
gène ?... Tu crois ?

— Tu sais, avec la comtesse, ne faisons pas
de modestie :

*Il l'est, le fut ou le doit être.*

Oh ! la gouvernante !... Cette Anglaise fait mon
bonheur. *Vô* avez pris quelque chose, miss ?

— *Oh ! yes, bossieu... Jé crains dé avoir bris eune rhube dé cébeau...* Atchoum !

— A vos souhaits, mademoiselle, fit Brunel, en souriant... Je crois que ça y est, en effet.

— Oh ! soupira doucement l'Anglaise, qui rougit comme à une galanterie déguisée du jeune homme.

M^me Morambeau, fort affairée, surveillait le déballage des provisions. Elle paraissait inquiète, tournant la tête vers chaque nouvel arrivant. Enfin, n'y tenant plus, elle s'approcha de Jacques :

— Vous n'avez pas vu Victoire ?

— Ni le prince, répondit malicieusement Brunel. Ce ne sont pas eux, là-bas, sur l'île Besnard...

— Oh ! fi, monsieur...

Et la présidente, allant à Charil :

— Vous n'avez pas vu Victoire ?

— Est-ce qu'il lui est arrivé un malheur ?

— Oh ! monsieur, pour un jeune homme bien élevé...

— C'est que vous paraissez si agitée, madame.

— Par exemple... agitée... moi ! Mesdames et messieurs, nous sommes servis ; mettons-nous à table.

Un hurrah salua cette invitation, et les convives se précipitèrent autour de la grande nappe blanche étendue sur le gazon.

Boulard, le marquis et Testard, trop occupés pour entendre l'appel de madame Morambeau, restaient debout, un peu à l'écart.

— Majeur ! disait le notaire, c'est plus compliqué ! La loi exige que l'adopté ait sauvé la vie à l'adoptant, dans les flammes ou dans les flots.

— Diable, fit Testard, on ne peut pourtant pas se noyer. Je n'aime pas beaucoup l'eau, moi !

— Reste le feu !

— Se brûler, merci !

— La loi est formelle.

— J'aimerais mieux l'eau, dit le marquis, en victime résignée.

— Moi aussi, réflexion faite, ajouta Testard.

— Savez-vous nager ?

— Non.

— Diable !

Le marquis semblait perplexe. Boulard, appelé par la baronne, venait de s'asseoir auprès du sous-préfet.

— M. Girard a vu le ministre, mon cher Boulard ; c'est une affaire entendue. Nous en causerons après dîner.

— A mon âge, vous croyez ?...

— A votre âge, justement... L'ambition vient avec la cinquantaine.

— Ma cinquantaine s'en va, baronne.

— Ne dites pas cela, fit galamment la jolie femme avec un sourire provocant, qui montrait ses jolies dents blanches.

— Eh bien, messieurs, cria la présidente...

— Bah ! fit Testard, nous n'irons pas en pleine mer.

Le marquis parut tranquillisé et se hâta vers la nappe :

— Nous choisirons un petit creux ; bon, alors !

Madame Morambeau s'était levée, toujours inquiète, et à voix basse, au marquis, en lui montrant l'île Besnard, au fond...

— Regardez-donc avec votre lunette !

Le marquis braqua son instrument et soudain, poussant un grand cri :

— Sapristi, une aurore boréale !

Ce fut une bousculade au milieu des fous rires... Bréhat prit le bras de Testard, pâle et plus mort que vif :

— Dites-donc... les verres rouges... M. K !

## XII

ous ! fit la comtesse, presque ironiquement, en réprimant une joie intérieure à la vue de Georges qu'on venait d'introduire dans le petit salon ; vous avez quelque chose à me dire ? Oh ! rien d'urgent, je suppose, puisque depuis huit jours je n'ai pas eu le plaisir de vous voir.

— Vous me pardonnerez, madame, de ne pas vous avoir ouvert mon cœur, plus tôt. Peut-être aurais-je dû le faire !

Georges s'inclina et il se tut, comme s'il attendait un encouragement.

La comtesse s'était levée.

— Vous allez me parler d'elle ; ne me dites rien ; je sais tout. J'ai surpris votre secret, certain soir, là-haut. Je vous écoutais et je comparais en moi ce que vous disiez à cette jeune fille et ce que vous m'aviez dit à moi, là-bas, dans les roses.

— Je l'aime, dit Georges, à peine distinctement.

— Comme si je ne le savais pas ! Oui, je vous écoutais. Le pâtre était moins idéal que le poète. Il ne chantait pas des aspirations aux étoiles, lui ! Son hymne au soleil levant n'était qu'un hymne à l'amour... Je vous écoutais... Elle partit, effarouchée... et je m'approchai de vous. Un moment, je crus que jallais vous...

La comtesse avait levé la main et faisait un geste de menace. Georges reprit doucement :

— Vous m'avez dit : Mon enfant ! et vous avez pleuré.

Il y eut un très long silence. La comtesse était retombée assise et la tête, cachée dans ses mains, elle rêvait. Georges, debout, retenait sa respiration, suffoqué dans l'étonnement de ce qu'il avait dit déjà et la peur de ce qu'il lui restait à dire.

— J'ai pleuré, reprit tout à coup la comtesse ; c'est que j'ai tant souffert. Oui, je pleurais vingt années de joie, tout ce qui m'a séduite et tout ce qui m'a trompée, tout ce que j'espérais et tout ce que je regrette : l'amitié qui trahit ! la jeunesse qui passe ! l'amour qui ment !...

La nuit se faisait déjà dans le petit salon très sombre. Une tristesse si douce semblait planer dans l'air... On n'entendait que le tic-tac de l'horloge de cuivre et peut-être le battement fiévreux de deux cœurs.

Georges releva la tête.

— J'ai cru que vous pleuriez autre chose.

— Quoi donc, je vous prie ? interrompit presque brutalement la comtesse, comme si elle eût voulu rompre je ne sais quel charme de langueur ; mais la voix de Georges retomba très molle, sans inflexion et ce fut un enveloppement de tous deux, plus intense, dans un même attendrissement.

La comtesse fit encore un effort pour s'arracher à cette influence qui l'envahissait :

— Eh bien, quoi ? fit-elle.

Georges répondit simplement :

— Ne m'avez-vous pas dit : Mon enfant ?

Ce fut un de ces mots magiques qui, dans la
plus noire nuit, font apparaître des visions serei-
nes. Un fils ! qui sait ?... Peut-être !... Un fils !
l'affection divine que toutes ont rêvée et qu'in-
consciemment, sans doute, elle aussi avait cher-
chée, parmi tant d'affections menteuses... Un
fils ! oui, c'est cet amour qu'elle avait poursuivi
partout, toujours, si follement, si vainement ! Et
c'était son excuse, après tout. Un fils ! oui !... elle
avait connu une femme à qui ce fils avait manqué. On ne lui avait pas permis de l'aimer ; on
l'avait emmenée loin ; on l'avait forcée de l'aban-
donner, de fuir devant cette faute, devant cette
honte... Bientôt on lui avait dit : Il n'y faut plus
penser ; il est mort ! De ce jour, il s'était fait un
vide dans le cœur de cette femme, un vide ef-
frayant que rien n'avait pu combler. Jusque-là,
dans la pudeur de sa faute, presque dans sa fierté,
elle avait cru devoir compte de sa vie à son enfant.
C'était sa conscience vivante ! Lui mort, tout
s'était effacé ! Poussée à bout par la dureté de
son père et l'indifférence de son mari, oubliant
ce qu'elle se devait à elle-même, cette femme était
tombée, sans souci de la chute, toujours plus

profonde... Et voilà que, par un hasard terrible, à la même heure, elle avait rencontré l'homme qu'elle avait aimé... ce Bréhat ! et le fils qu'elle avait rêvé, ce jeune homme, ce Georges !... Car elle l'eût voulu tel que lui, et, si elle avait eu son bras pour s'y appuyer, certes, elle ne serait pas tombée, ou tombée, si bas que ce pût être, elle se serait relevée, si cet enfant lui avait tendu la main.

Comme s'il avait conscience des pensées qui flottaient autour de la comtesse, Georges dit tout à coup :

— Je serai ce fils, voulez-vous ?...

— Est-ce que c'est possible ?

— Si vous le voulez ; nous serons deux pour vous aimer.

—Elle !

— J'ai bien compris votre souffrance. Que cela ne vous étonne pas ! Si vous n'avez pas de fils, je n'ai plus de mère. L'affection perdue par moi et celle rêvée par vous ne doivent-elles pas nous unir de grande sympathie. Votre cœur est bon ; pourquoi ne pas l'écouter? Pourquoi chercher autre chose que le bonheur d'être bonne et de faire le bien ? La bonté, c'est la jeunesse éternelle du cœur ; celle-là ne passe pas. L'amour du bien ne ment pas ! L'amitié que je vous promets, pour elle et pour moi, ne vous trahira jamais. J'aime Yvonne ; Yvonne m'a permis de vous dire qu'elle m'aimait, et nous voulons nous marier.

— Vous êtes deux enfants. Elle a dix-sept ans ; vous avez vingt ans... Il y a deux mois que vous vous connaissez et il faut qu'on vous marie, tout de suite, pour la vie!

Un domestique entra avec une lampe qu'il posa sur un guéridon.

— Allumez les bougies de la cheminée, ordonna la comtesse, heureuse d'échapper à cette oppression du crépuscule ; et quand le domestique fut sorti, elle reprit, en souriant :

— Voyons ! ce n'est pas sérieux !

Georges était tout surpris qu'on pût douter ainsi de son amour. Pas sérieux ? Il y avait deux ans que cet amour était sa vie ! En y pensant, même, il lui semblait avoir toujours aimé Yvonne, inconnue autrefois, présente maintenant. Certes, il était bien sûr de son amour.

— Yvonne a pensé, dit-il, que vous voudriez bien dire à son père...

— Moi ! fit la comtesse.

— Vous avez une grande influence sur M. d'Auffreville...

— Et vous voulez que je lui demande à brûle pourpoint la main de sa fille... Vous n'y pensez pas ! Mais un mariage n'est pas seulement la satisfaction de deux fantaisies, c'est l'union de deux familles ! Que voulez-vous que je lui dise, moi ; je ne sais rien de vous. Vous êtes un charmant garçon, un musicien exquis, un poète adorable, tout ce que vous voudrez, mais M. d'Auffreville ne se contentera pas de ces renseignements-là. C'est un homme sérieux, et si je faisais ce que vous demandez, je passerais, à bon droit, pour une folle.

Tout à fait à l'aise, maintenant, ayant repris son calme, en pleine lumière, devant Georges très intimidé, la comtesse se sentait en veine d'éloquence. Les idées noires avaient fui, l'image rayonnante du fils regretté s'était évanouie dans la clarté du salon ; il n'y avait plus devant elle que ce beau Georges, amoureux de la petite Yvonne et qu'il fallait, à tout prix, arracher à cet amour.

C'était absurde, cette idée de mariage ! Se marier, lui, mais c'était un vrai suicide, et, certes, elle n'y prêterait pas la main.

La comtesse se leva.

— Voulez-vous un bon conseil ? Laissez-moi

vous parler comme une maman qui ne veut que
votre bien, Georges... comme votre mère.

Georges eut un mouvement de révolte intime
à ce mot ; il lui sembla qu'il y avait comme une
profanation dans cette parole et comme un
mensonge. Il releva la tête et semblait protes-
ter d'un mouvement de lèvres un peu dédaigneux.

La comtesse reprit :

— Venez à Paris...

— Ah ! fit Georges, au souvenir de leur conversation parmi les roses.

— Vous y travaillerez ; vous y vivrez ; et dans
deux ou trois ans — mieux vaudrait dans dix
ans — si votre... lubie dure encore, je ferai alors
volontiers la démarche que vous me demandez
aujourd'hui ; mais je crois que vous serez guéri
auparavant, car vous aurez compris bientôt que,
pour l'artiste, s'il faut aimer — et c'est indis-
pensable — il ne faut pas se marier.

Et la comtesse accentua sa conclusion d'une
moue et d'un geste moqueurs que Georges
affronta sans baisser la tête.

— Une mère !... On voit bien que vous n'avez
pas de fils, madame.

— Je vous ai fâché ?

— Une mère ne parlerait pas ainsi... Je sais ce qu'il me reste à faire... Adieu !

Georges sortit.

Restée seule, la belle Madeleine leva les épaules, et, d'une voix presque angoissée, quand elle entendit la porte du jardin retomber lourdement :

— Ah ! non, décidément il est trop bête !... A mon âge, je ne peux pourtant pas jouer les mères... et mon salon n'est pas une succursale de la maison de Foy.

Le retour de la pêche fut assez triste et la soirée chez la comtesse s'en ressentit.

Les Morambeau se firent excuser par suite de l'absence de Victoire, qui s'était prolongée avec une exagération tout à fait inconvenante, et de sa rentrée tardive au bras du prince, avec lequel elle avait été entourée par la mer et retenue dans l'île Besnard. Les commentaires les plus désobligeants avaient souligné cette escapade, et on ne voyait guère qu'un mariage pour réparer le tort causé à la réputation de la jeune fille par le bel Itzkany.

Un autre évènement avait aussi, mais d'une

façon différente, très fort agité les pêcheurs, et, bientôt colporté, au retour, dans Paramé, défrayait les conversations, à l'heure du bain, sur la plage. Vers trois heures, non loin du moulin de marée, le marquis était tombé dans le bras de mer qui fait mouvoir les roues et avait failli se noyer. Par bonheur, le jeune Testard, qui se trouvait là, n'avait pas hésité à se jeter à l'eau et, après des efforts désespérés, avait été assez heureux pour sauver M. de Kercozannet. Tous deux, sur le désir de Testard, venaient d'être conduits au *Grand Hôtel*. On n'avait pas assez d'éloges pour la belle conduite du jeune homme, et le rédacteur de l'*Union Malouine et Dinannaise*, de passage à Rochebonne, avait pris des notes pour ses Nouvelles Locales.

M. Boulard, à qui on s'empressait de raconter l'évènement, dans le bourg, souriait doucement et, simplement, avait répondu :

— Tiens ! déjà !

A la villa des Roses, on trouvait étrange que le marquis eût suivi Testard au Grand Hôtel. On s'amusait beaucoup de l'aventure de Victoire. La comtesse avait eu quelques mots aigres à l'adresse de la baronne qui dînait, ce soir-là, chez M. Boulard, et, de bonne heure, sur un

mot de Brunel qui s'était plaint des fatigues de
la journée, chacun avait pris congé.

La comtesse avait retenu M. d'Auffreville.
Yvonne était restée silencieuse, presque maussade, toute la soirée, n'osant pas questionner
M^me Dupuis-Miron sur l'absence de Georges,
furieuse de ne pas le voir là, inquiète aussi de
ce qui avait pu se passer; mais quand elle avait
vu qu'on les retenait, certaine qu'elle allait savoir, enfin, quelque chose, sa figure s'était soudain déridée.

— Mon cher ami, dit tout à coup la comtesse,
quand ils furent seuls, tous trois, dans le salon;
elle sourit méchamment, s'arrêta, puis reprit
d'une voix railleuse :

— Mon cher ami, il s'agit d'une demande en
mariage, et, comme je ne veux point vous faire
languir plus longtemps, comme je sais aussi
qu'Yvonne est prévenue...

— Ah ! fit le comte, devenu grave soudaine-
ment.

— Enfin, comme je ne doute pas que cette
affaire ne puisse se liquider en quelques mots,
voici : M. Maubray est venu chez moi, avant le
dîner, et m'a priée de vous demander la main
d'Yvonne, et ce, d'accord avec elle...

— D'accord avec ma fille... Quelle est cette plaisanterie ?

Le comte interrogeait du regard. Yvonne intervint.

— Ce n'est pas une plaisanterie, mon père ; c'est tout ce qu'il y a de plus sérieux...

— Alors tu as l'intention d'emmener ton mari à la pension ?

— Oh! mais je ne rentrerai pas ; c'est fini, le Sacré-Cœur ; tu me l'as dit et tu as dit à *Miss* que tu la gardais à perpétuité.

— Je te croyais raisonnable, mais du moment que tu veux te marier, je te renferme.

Yvonne se leva :

— Il m'aime ! je l'aime, et je l'épouserai.

— Aux vacances de Pâques, dit la comtesse, heureuse de la tournure que prenait l'entretien et tâchant de l'aigrir davantage.

— Ou à la Trinité, reprit le comte. Ah ! tu l'aimes.

Malgré lui, il souriait des lèvres, en faisant de gros yeux sévères :

— Et qui est-ce qui t'a permis de l'aimer ?

— Il faut donc une permission, riposta Yvonne sur le même ton ?

— Oui, mademoiselle.

La jeune fille sauta au cou de son père :

— Eh bien ! papa, je te la demande.

Et tendant sa joue, elle dit gentiment :

— Donne.

Le comte l'embrassa.

— Tu dis des bêtises... Allons-nous-en.

Il se leva et lui prit la main pour l'emmener, mais elle résistait et se campait, nerveuse, devant la cheminée :

— Des bêtises... Eh bien ! j'en ferai !

— Hein ? comtesse, on les élève bien au Sacré-Cœur... Au revoir, chère amie. Venez donc déjeuner avec nous demain. Nous sermonnerons cette petite folle et nous lui ferons entendre raison.

— Adieu, madame, fit Yvonne; vous avez une drôle de manière de plaider la cause de vos amis.

— Je ne plaide que les bonnes causes, ma chérie.

— Celle-ci est excellente, madame, et vous ne parviendrez pas à la gâter.

— Allons, petite sotte ; ne faites pas attention, chère amie, et à demain, n'est-ce pas ?

— A demain, fit la comtesse; elle nous remerciera bientôt.

Et de la main, elle adressa à M. d'Auffreville un adieu qui ressemblait à un baiser.

———

## XIII

E lendemain, avant de partir pour déjeuner chez M. d'Auffreville, la comtesse fit
porter chez Georges un billet tout à fait
charmant, par lequel elle lui faisait connaître,
avec grands regrets, *l'issue fâcheuse de sa première tentative*. Elle ajoutait, tout à fait aima-

blement, d'ailleurs, qu'il ne fallait point déses-
pérer encore, que *tout arrivait en ce monde* et
que, de son côté, *elle ferait l'impossible* pour
amener le comte à de meilleurs sentiments. Elle
finissait, en rappelant sa conversation de la
veille, et sa conclusion était toujours la même :
*dans quelques années... à Paris.*

A Paris ! décidément, oui, il fallait qu'il y
vînt. On n'était pas niais à ce point, et quel
espoir d'arriver à un parfait développement de
sa nature artistique, si Georges ne se débarras-
sait pas de cette raideur provinciale, de cette
gaucherie bête, de cette intransigeance bigote
qui le paralyseraient. Il fallait qu'il se décidât à
entrer dans la vie et, pour devenir un véritable
artiste, qu'il consentît à être un homme tout à
fait et non plus seulement un bon petit garçon,
qui pouvait bien édifier les vieilles demoiselles
de Paramé, mais qui ferait rire partout ailleurs.
Paris seul pouvait mûrir ce tempérament, et
c'était le rôle d'une amie, d'une vraie amie, de
tout faire pour y amener Georges et, s'il n'y
venait pas de lui-même, pour l'y entraîner malgré lui.

Ce devait être son rôle, à elle, qui avait pour
cet enfant une si tendre affection, et elle ne devait

reculer devant rien pour s'acquitter de ce devoir.
L'avenir l'absoudrait, si elle était contrainte,
pour le présent, de retarder la réalisation des
plus chers désirs de Georges, mais il fallait, à
tout prix, briser les obstacles, et le mariage avec
Yvonne, une pure folie à leur âge, lui semblait
le plus grand danger dont le jeune artiste, à
cette heure, pût être menacé.

Il fallait donc agir sur le comte, qui aimait
assez sottement sa fille pour céder, à la longue,
même à une fantaisie conjugale, dans laquelle
cette petite Yvonne était fort capable de l'entraîner. Il fallait, avant tout, séparer ces enfants. Le
comte emmènerait sa fille ; on trouverait bien
un prétexte pour légitimer le départ, et ce serait
tout simple alors de suggérer à Georges l'idée
de suivre Yvonne à Paris. A Paris, la jeune fille
serait de nouveau cloîtrée au Sacré-Cœur, et
bientôt, dans la première ardeur de son existence, ne la voyant plus et cependant la sachant
assez près pour ne pas la désirer avec violence,
Georges, tout doucement, l'oublierait.

Mais on devrait le tenir en garde aussi contre
d'autres dangers non moins graves. En l'écartant du mariage, il ne faudrait pas le jeter aux
bras de quelque drôlesse, qui l'aurait bien vite

épuisé dans la prime fougue de la passion et
qui le stériliserait peut-être, à jamais.

Ah ! combien c'était difficile avec une telle
nature. Comme il y aurait à veiller pour éloigner
tout mal de cette chère intelligence. Et cependant, il y avait un milieu entre cette bêtise du
mariage avec cette petite sotte rusée et le débor-
dement de débauches avec ces femmes ! Eh
quoi ! ne pourrait-il donc pas trouver une affection tranquille, qui serait comme un épanouissement. N'y aurait-il pas une femme, qui consen-
tirait à l'aimer pour lui, sans vues égoïstes, avec
la seule pensée de hâter l'éclosion de son être
intellectuel et moral ? Certes, une pareille femme,
assez désintéressée, assez aimante, assez intelligente aussi, n'était pas facile à trouver, et le
pauvre enfant serait bien embarrassé pour dis-
cerner, parmi tant d'autres amours plus attractifs
peut-être, cette exquise tendresse d'une amie
entièrement dévouée. Aurait-il même, l'ayant
reconnue, la sagesse de s'y confier tout entier?
Il le fallait pourtant. Et justement, ce serait là
que son rôle, à elle, bonne fée prévoyante, se
manifesterait surtout. Pourquoi ne lui cherche-
rait-elle pas cette femme et, l'ayant trouvée telle
qu'elle la rêvait, ne la lui amènerait-elle pas,

dans la droiture de son intention et l'entière
honnêteté de son bon vouloir.

Et déjà la comtesse cherchait, dans le cercle de
ses relations parisiennes, quelle pourrait bien être
cette femme à laquelle, sans crainte pour l'avenir,
elle confierait le sort de ce cher enfant. Madame
de Briais était bien futile, uniquement occupée de
plaisirs ; elle entraînerait Georges dans cette vie
absurde des bals, des courses, des fêtes mondai-
nes de toutes sortes ; certainement Georges ne
pouvait que se former rapidement, quant aux
manières, et il deviendrait, bien vite, un *gent-
leman* accompli, au contact de cette jolie patron-
nesse si experte en tous les sports, mais ne
perdrait-il pas aussi le goût des choses sérieuses,
l'amour du travail, le respect de son art, toutes
qualités nécessaires, indispensables. Mademoiselle de Labougère était trop *bas bleu*, un peu
vieille fille, malgré quelques amants dans son
passé, et il y avait à craindre le ridicule, dans
une liaison avec cette Egérie sans élégance et
bonne tout au plus pour les jeunes médecins de la
députation provinciale. Quant à la petite Hunting, il n'y fallait même pas songer. Cette jolie
Anglaise qui se vantait d'être vierge et qui l'était,
paraît-il, matériellement, semblait trop compro-

mettante avec sa peinture pornographique. L'é-
clat de son refus au Salon était trop récent,
accentué encore par l'exposition dans une
boutique du boulevard de la toile refusée :
*Antinoüs à Lesbos.* Et puis, on parlait d'une
dépravation précoce, de raffinements, de recher-
ches, d'interversions, de sadisme ! L'alcôve de
cette jeune fille abritait, disait-on, de tels mys-
tères d'amours stériles qu'il en fallait préserver
ce jeune cœur en sa première fleur de passion.
Madame Dubourg était trop surveillée par un
mari jaloux, et l'amour, là, était périlleux. Monsieur Péreira était plus commode et il n'appa-
raissait guère, au moment psychologique, que
pour exiger un billet de cinq cents francs.
Amour vénal, alors, que celui de la piquante
madame Péreira et ce n'était point l'affaire de
Georges. Encore moins pouvait-il se commettre
avec madame de Prémaurel, notoirement entre-
tenue par un vieux député de la gauche ! Madame de Pieramonte était bien vieille ; la princesse
Oblowitz bien laide et madame Le Mesle de la
Bouverie bien bête ! Et, les ayant toutes ainsi
écartées, la comtesse se faisait, par la pensée, le
portrait de cette femme accomplie et qui, à
toutes ces perfections, par lesquelles encore à

peine semblait-elle digne du chérubin des grèves,
joignait presque même un brin de vertu, avec
une notion très haute de son devoir. Et cette
femme bien née, riche, élégante, intelligente,
raffinée, à force de touches et de retouches,
arrivait à ressembler beaucoup à la comtesse !
Et reprise de nouveau, pour être jetée plus
parfaite entre les bras de Georges amoureux,
elle arrivait presque, puis bientôt tout à fait, à
se confondre avec Madeleine. Une femme comme
elle ! Oui, c'était bien une femme comme elle
qu'elle désirait pour lui !

Une femme comme elle, seule, saurait l'aimer
assez, l'aimer trop, l'aimer en son talent plus
qu'en lui-même, en son avenir mieux qu'en son
présent. Une femme comme elle ! En pourrait-
elle trouver une seconde, voyant aussi nettement
sa mission, et l'acceptant dans toutes ses consé-
quences ! Non ! Elle, seule, serait assez dévouée
dans l'esclavage, assez tendre dans la maternité,
assez fidèle dans l'adoration ! Elle, seule !
Elle ! Elle !

Cette conclusion s'imposait à la comtesse, et
elle en acceptait le charme d'un très doux rêve,
quand elle arriva chez les Auffreville.

Le comte l'attendait, en se promenant devant

sa porte, et l'accueillit d'une bonne nouvelle pour eux deux. Yvonne, se disant souffrante, ce matin, avait fait demander à son père la.permission de ne pas descendre et de déjeuner chez elle avec *Miss*. M. d'Auffreville se félicitait de ce tête-à-tête avec cette chère comtesse, et d'ailleurs, ainsi, ils pourraient, plus à l'aise, entre eux, parler de cette ridicule affaire et aviser aux meilleurs moyens de couper court à une idylle de mauvais goût.

Le plan fut vite dressé d'une résistance immédiate à la folie d'Yvonne et à l'outrecuidance de ce petit monsieur. Dès le lendemain, le comte partirait avec sa fille pour une excursion à Jersey et prolongerait son séjour dans l'île anglaise aussi longtemps qu'il le pourrait : un mois, par exemple ; on arriverait ainsi aux derniers jours de septembre ; ce serait le moment de partir pour l'Anjou, faire à un oncle d'Yvonne une visite promise, depuis longtemps déjà, pour la saison des vendanges ; puis on reviendrait à Paris et Yvonne, tout naturellement, reprendrait, pour un an encore, sa vie de pensionnaire au Sacré-Cœur ! Et, l'été suivant, on se garderait bien de revenir à Paramé !

Vers trois heures, M. d'Auffreville et la com-

tesse étaient assis dans un bosquet du petit
parc de la villa, quand un domestique vint annoncer que M. Georges Maubray attendait au
salon.

— Vous avez dit que j'étais là, fit le comte?

— J'ai dit que je croyais que monsieur le
comte n'était pas sorti ; que j'allais voir...

— Eh bien ! dites à M. Maubray que vous
vous êtes trompé, que je suis sorti et que j'ai
dit en partant que je ne rentrerais que très tard
dans la soirée... Allez !

— Très bien, fit la comtesse, mais, maintenant, n'allez pas vous laisser entortiller par
cette petite, quand vous serez seul avec elle,
là-bas, à Jersey.

— Il y a un moyen que je ne sois pas seul,
chère amie, c'est que vous veniez avec nous.
L'île est charmante...

— Partir avec vous, non ; mais si vous y êtes
encore dans huit jours, je pourrais bien aller
vous retrouver.

— Vrai ! vous feriez cela...

— Ce sera votre récompense, si vous êtes
ferme ; si vous ne l'êtes pas, je vous abandonne,
et pour toujours, à madame Georges Maubray.

— Voulez-vous bien cesser cette plaisanterie...

— Prenez garde ; dans dix ans vous penserez
peut-être qu'on pourrait être fier d'une alliance
avec ce petit garçon.

— Vous croyez tant que cela à son avenir
artistique.

— Oh ! cela, absolument.

— N'importe ; les Auffreville ne se sont jamais
mariés dans la nusique.

— Il y a commencement à tout.

— Yvonne ne commencera pas, je vous en
réponds.

— Même si je vous en priais ?

— Vous !... quelle idée... Vous êtes la première à en rire avec moi.

— Mais, enfin, supposez que je ne rie plus
et que, sérieusement, quelque jour, je vous demande la main de votre fille pour M. Maubray,
est-ce que vous auriez l'audace de me refuser ?
Voyons ! soyez franc... Vous me refuseriez,
dites ?

— Je vous assure, ma chère amie, vous me
troublez profondément. Est-ce un jeu ? Que
voulez-vous dire ? Vous connaissez mon dévoue-
ment...

— Ne fut-ce seulement que pour savoir ce dont vous seriez capable pour moi ?

— Mon gendre... ce pianiste... ce... Vous vous moquez !... Méchante, vous riez !... Ah ! vous riez... Eh bien ! mon gendre à moi tout seul, non... voilà mon dernier mot ; mais notre gendre à tous deux... je demanderais à réfléchir... Ah !

— Comment ! vous voudriez réfléchir et vous ne me prendriez pas au mot, tout de suite, et vous ne l'accepteriez pas... de ma main ?

— Après tout... mon Dieu... si vous en preniez la moitié... je crois que... je pourrais...

— Rassurez-vous ; je ne veux pas vous mésallier encore.

— Essayez un peu, pour voir...

— Non ! non ! j'aurais trop peur de faire deux mariages d'un coup.

La comtesse se leva. Le comte lui avait pris la main et posait ses lèvres, avec un sans-façon de viveur sûr de lui, dans l'ouverture du gant sur la paume :

— Méchante ! méchante !

— Vous me convertirez, et vous voyez que j'ai bonne intention, puisque j'accepte d'aller faire une retraite à Jersey... et que je vous

quitté pour vous laisser le temps de préparer
votre départ.

— A bientôt donc, ma belle pénitente.

— Au revoir, mon Révérend... au revoir !

## XIV

N rentrant à la villa des Lianes, Georges avait écrit à M. d'Auffreville pour lui faire connaître l'objet de sa visite, ne se sentant pas le courage de s'exposer une seconde fois à être éconduit par un domestique. Sa lettre contenait, timidement exprimé, l'aveu de son

amour pour Yvonne, et formulait, plus timidement encore, une demande en mariage.

Le comte avait répondu :

*Monsieur,*

*Bien qu'il ne soit guère d'usage de traiter ces
questions par lettres, je tiens à vous faire savoir
que j'ai résolu de ne pas m'occuper de ce dont vous
me parlez avant deux ans.*

*Recevez, monsieur, l'assurance de mes senti-
ments distingués.*

AUFFREVILLE.

*Paramé, ce 31 août 1884.*

— Encore éconduit, pensa Georges. Je n'oserai jamais les revoir, maintenant.

Et il sortit immédiatement, poussé par un
irrésistible besoin d'aller au-devant d'une rencontre ; mais, arrivé dans le bourg, il fut pris
de peur et de honte, et, comme l'omnibus par-
tait pour Saint-Malo, il y monta, désireux de
s'éloigner et pensant échapper ainsi à la fasci-
nation qui l'attirait vers Yvonne. Le mouvement
de la voiture, la chaleur du matin, le bruit des
conversations, engourdissaient un peu ses pensées ; il n'avait plus de très net en lui que cette
persuasion de porter sur son visage je ne sais

quel signe de sa déconvenue qui le faisait regarder curieusement. Sous cette pensée, dans laquelle il s'obstinait, le sang lui gonflait le visage,
ses tempes battaient, ses yeux se troublaient et
ses mains devenaient moites. Une grande gêne
le gagnait, à laquelle il n'échappa un peu que
par la marche, en descendant de l'omnibus devant le Casino. Là, pour fuir tous ces regards
qui le troublaient, il se promena longtemps sur
la plage, puis monta sur les remparts et en fit le
tour jusqu'à la porte de Dinan, ne pensant à rien,
sifflant quelques mesures d'un galop, avec une
persistance stupide, toujours les mêmes, recom-
mençant toujours, car, aussitôt qu'il ne sifflait
plus, cette insupportable chaleur lui montait à
la tête, ses jambes faiblissaient et il était forcé
de s'arrêter, ne trouvant à dire que ces mots, à
mi-voix, en fermant les yeux :

— Mon Dieu !... mon Dieu !

Et vite, il se remettait à siffler son air et
reprenait sa marche. Devant la porte de Dinan,
il aperçut le vapeur de Dinard qui allait partir ;
il embarqua, heureux de mettre la mer entre
lui et la honte qui le poursuivait. Mais voilà que,
malgré lui, sa pensée l'emportait à Paramé ; il
refaisait la route de la veille, se revoyait dans

le salon, attendant, très ému, cherchant par
quelle phrase il débuterait ; puis le domestique
rentrait, s'excusait et le reconduisait jusqu'à la
grille. Il revenait chez lui, assommé et tombait
sur son lit et pleurait et ne retrouvait un peu de
calme qu'après avoir écrit au comte ! Quelle
nuit, après cela ! Quelle horrible nuit anxieuse !
Le lendemain, cette lettre... sèche, froide... plus
blessante qu'un refus formel.

Mais à mesure que tous ces souvenirs l'assail-
laient, plus calme, sous la brise de mer, une
grande tristesse de s'éloigner le prit et le très
vif désir de voir Yvonne, de lui parler, de se
plaindre à elle, d'être consolé. Il se leva et marcha sur le pont fiévreusement, irrité de ne pouvoir retourner tout de suite. Au lieu de descendre à la cale de Dinard, il resta dans le bateau
pour repartir ; soudain, apercevant un voilier qui
attendait bord à quai, il sauta dedans et ordonna
le départ immédiat. Le vent soufflait arrière, et,
couché à l'avant, Georges était heureux à la
pensée qu'il arriverait plus vite que le vapeur.

Ils avaient doublé la pointe du Môle, quand
les hommes firent une manœuvre pour se ranger ; Georges tourna la tête.

— C'est le bateau de Jersey qui part, fit le patron.

— Ah !

Georges reprit sa pose indifférente, sans avoir entendu un petit cri sur le vapeur et sans voir, agité vers lui, le mouchoir rouge d'Yvonne. Les deux bateaux s'éloignaient rapidement.

— Monsieur, dit l'un des hommes, la petite dame, là-bas, sur le vapeur ?...

Mais Georges hocha la tête, si certain que ce ne pouvait être pour lui !

On abordait; il sauta vivement à terre et marcha le long du quai. Une sourde langueur l'envahissait maintenant, à la pensée qu'il se rapprochait de Paramé. Il ralentit le pas. Près de la Porte Saint-Vincent, au moment où il allait monter dans une voiture, il s'entendit appeler. C'était la comtesse.

— Je vous emmène; j'ai là mon coupé !

Quand ils furent assis, madame Dupuis-Miron, très gaie, commença à bavarder, soulagée d'un grand poids depuis le départ d'Yvonne et désireuse de faire causer Georges.

— Ah ! vous étiez au bateau !... Tiens ! je ne vous ai pas vu... Qui donc vous a prévenu ?

Vous comprenez, moi, décemment, je ne pouvais pas... Yvonne vous a-t-elle vu, elle ! Oh! ces amoureux !... C'est elle, je parie, qui vous aura écrit !... Quelle gaillarde !..

Georges écoutait, stupéfait, ne comprenant rien ! Quel bateau ! Vu, où ? Prévenu, qui ? Yvonne, écrit ? Comment ? Pourquoi ? Une gaillarde !...

La comtesse, d'abord étonnée de l'étonnement de Georges, ne le croyant pas sincère, peu à peu, à l'inquiétude, à la stupeur, aux larmes du jeune homme, comprenait qu'il ne savait rien et lui apprenait la dure vérité. Yvonne était partie ! Son père l'avait emmenée à Jersey. Il n'y fallait plus penser...

Elle parla longtemps ainsi, presque enchantée, au commencement, des mauvaises choses qu'elle disait ; puis bientôt, émue devant la sincère affliction de Georges et, alors, essayant de le consoler, heureuse de lui prendre les mains, de les presser doucement, en lui donnant quelque espoir. Mais lui, immobile, la tête renversée dans un coin de la voiture, les yeux vaguement fixés devant lui, la bouche serrée, sans une parole, sans un geste, pleurait. De grosses larmes longtemps retenues s'échappaient tout à coup ;

un rapide soupir dégageait la poitrine oppres-
sée, et les paroles de la comtesse tombaient
sur sa douleur, sans l'accroître ni la modérer
maintenant. Yvonne était partie ; et c'était
tout !

Un moment, cependant, il pensa à ce vapeur
qu'il avait côtoyé le long du Môle, à l'adieu
d'Yvonne, car c'était bien elle qui avait agité
le mouchoir. Ces hommes grossiers avaient
compris le geste fait vers la barque ! Et lui, non !
Yvonne l'avait reconnu, elle ! Et lui, non ! Il eut
un sursaut d'angoisse, à cette pensée et, par
des sanglots qui se heurtaient et qu'il ne
pouvait plus arrêter, sa grande peine s'épancha.
Puis, il redevint très calme, ne voyant plus
rien, n'entendant rien, les yeux voilés, les
oreilles bourdonnantes, les tempes gonflées,
écrasé, dompté, soumis, avec la seule protestation de sa bonne nature contre la cruauté des
choses :

— Mon Dieu ! mon Dieu !

Il était une heure, quand ils arrivèrent à la
villa. La comtesse voulait que Georges vînt déjeuner avec elle ; elle ne put le décider à accepter. Le pauvre enfant, après quelques hésitations, courut vers le cimetière, et, haletant,

comme foudroyé, inerte, sous l'écrasante pesan-
teur du jour et sous l'oppression d'une indicible tristesse, il s'affaissa sur la tombe de sa
mère, avec ce seul cri :

— Màman !

## XV

EORGES était mourant.

Le docteur Biguerel venait trois fois par jour, hochant la tête et se prenant le nez entre le pouce et l'index, accumulant les ordonnances. toujours silencieux, enveloppant dans une sorte de gravité brusque son ignorance et ses inquiétudes. On parlait dans le pays, d'insolation, de méningite, de fièvre muqueuse ou typhoïde ; enfin c'était très grave. La *bonne Marie* était allée mettre un cierge à l'autel de la Sainte Vierge, où plusieurs vieilles femmes de ses amies, priaient pour le *pauvre petit monsieur des Lianes, qui était au mouroir depuis huit jours.* M. Morambeau, M. Boulard, Testard, le prince et ses amis, étaient venus prendre des nouvelles. On n'avait reçu personne. La comtesse avait essayé vainement de voir Georges ; toutes les fois qu'elle s'était présentée à la villa, on avait opposé à ses insistances la consigne du docteur :

— Très grave !... Repos absolu... Ne laisser pénétrer qui que ce soit !

Et comme elle semblait inquiète que le malade n'eût pas tous les soins nécessaires, Marie, offensée, avait répondu sèchement que madame pouvait être tranquille : les soins étaient donnés à monsieur par elle et son mari qui, de jour et de nuit, se relayaient à son chevet ; un prince ne serait pas veillé avec plus de zèle, et le docteur Biguerel en témoignerait au besoin. Quant à la maladie, on ne savait que dire ; le docteur ne se prononçait pas ; du moins, tout ce qui

était possible serait fait, et si madame s'intéressait tant à monsieur, le mieux qu'elle pût faire,
elle, c'était d'aller prier le bon Dieu pour lui.
Quand les hommes se déclaraient impuissants,
il y avait toujours la ressource du miracle, et la
Sainte Vierge ne pouvait pas en obtenir un pour
quelqu'un qui le méritât mieux... Un ange du
bon Dieu !

— Et dire, concluait tristement la vieille ser-
vante, que ce sont toujours ceux-là qui s'en
vont... Les méchants restent !

Une tristesse, plus grande chaque jour, gagnait
la comtesse, à la pensée du mal qu'elle avait
causé, car elle se sentait responsable de la maladie de Georges, et maintenant qu'Yvonne était
partie, sa haine jalouse s'étant évanouie, elle restait avec les bons instincts de son cœur, toute à sa
tendresse et à ses regrets. Elle eût voulu s'asseoir près de lui et ne pas le quitter, lui prodi-
guant les soins les plus tendres, le veillant
comme une mère, afin qu'il lui dût sa guérison.
N'était-ce pas son devoir et la seule réparation
qui fut possible maintenant ?

Un matin, qu'elle avait rencontré, à la porte de
la villa, le curé qui en sortait, elle l'avait accom-
pagné jusqu'à l'église, le questionnant, voulant

savoir ce qu'il en pensait, lui, habitué aux malades, et, comme l'abbé hésitait, n'osant pas se prononcer, indiquant un seul espoir dans la prière qui va droit au trône de Dieu, ajoutant aussi qu'il y avait bien des ressources dans un corps jeune, Madeleine, dans un grand trouble de crainte, prise d'une ferveur soudaine, l'avait prié de dire tous les jours la messe à l'intention du rétablissement de Georges.

— D'ailleurs, avait ajouté le curé, j'irai le voir, ce soir, à l'heure du docteur Biguerel, dont je prendrai l'avis. S'il n'y a pas de mieux, demain matin, je lui porterai le bon Dieu !

— Vous ne craignez pas de l'effrayer, monsieur l'abbé?

— Georges est très pieux, madame, et, dans l'état où il est, je doute qu'il se rende un compte bien exact de ce qui se passe... La tête n'y est plus. Je ne pense pas qu'il puisse se confesser ; il serait possible alors que je me borne à l'extrêmiser ; nous ferons pour le mieux de son âme ; et qui sait? on a vu des guérisons presque miraculeuses suivre la réception des derniers sacrements. Quand Notre-Seigneur va voir un malade, il peut bien renouveler en sa faveur les miracles de sa vie humaine. Espérons, madame la comtesse; où il y a de la vie, il y a de l'espoir.

Le soir, le docteur avait jugé l'état stationnaire, mais le curé avait profité d'un moment lucide, où Georges avait semblé le reconnaître, pour confesser le malade, et il était parti en priant de l'avertir si la situation empirait; sinon, il viendrait, le lendemain, vers neuf heures, apporter la sainte communion, sauf à attendre quelques jours encore pour les derniers sacrements.

La comtesse avait passé une partie de la nuit à sa fenêtre, là-même d'où, quelques mois auparavant, dans la baie lumineuse de la villa des Lianes, elle avait aperçu le petit musicien, le sauvage, qui se mourait, maintenant, de s'être laissé apprivoiser par elle; l'enfant qu'elle aimait et qu'elle avait tué! Quel remords, si tant de regrets, de vœux, de prières et de larmes ne pouvaient le rappeler à la vie!

Au matin, elle s'était jetée sur son lit, à demi habillée, vaincue par la fatigue, se laissant aller au lourd sommeil qui la terrassait. Elle dormait depuis quelque temps déjà, quand tout à coup elle se redressa et, chancelante, mal réveillée, courut à la fenêtre. Il lui semblait, au loin, là-bas, entendre... dans le silence, un tintement de clochette qui approchait... Elle croyait voir, dans le demi-jour brumeux, sur la jetée, une lanterne qui marchait et, derrière, sous une grande ombrelle blanche, un prêtre, et derrière, des gens qui suivaient. Tout cela, le tintement de la clochette, la lueur rouge de la lanterne, l'ombrelle blanche, le prêtre, les gens, tout cela venait vers elle... Non ! tout cela allait chez lui... chez Georges !

— Chez qui portent-ils donc le Bon Dieu, si matin ? fit une voix, tout à coup, dans un jardin, tout près.

— Aux Lianes, pardi ! Dès cinq heures, Marie est allée chercher monsieur le recteur.

— Pauvre petit monsieur !... c'est la fin !... si jeune !

La comtesse fit un bond en arrière et se cacha la tête dans ses mains. Le cortège passait sous ses fenêtres ; la clochette tintait, la lanterne clignotait, l'ombrelle oscillait et des chuchotements montaient ; puis des pas crièrent, à côté, sur le sable des allées, un bruit sourd dans la petite villa, et plus rien.

— Ils entrent tous, pensa Madeleine ; j'entrerai, moi, aussi et je le verrai...

Suivant la coutume, en effet, toutes les portes

étaient restées ouvertes derrière le prêtre, et la comtesse, sans obstacle, put arriver jusqu'à la chambre de Georges. A la porte, un groupe de paysannes agenouillées se levèrent pour la laisser entrer.

A gauche du lit, le curé était debout, lisant les prières ; près de lui, ses choristes regardaient de tous côtés, curieusement ; à droite, la vieille Marie, en larmes, soutenait sur un oreiller la tête de son petit malade, et, derrière elle, son mari, Pierre, la bouche contractée, les mains jointes, priait. Au pied du lit, sur une table recouverte d'une serviette, devant un grand Christ entre deux flambeaux et près d'une soucoupe pleine de petites boules d'ouate, le prêtre avait déposé l'huile sainte et le ciboire. Tout autour, à genoux, quelques femmes venues à l'église pour la messe de six heures et qui avaient suivi le curé, chuchotaient des prières ; madame Morambeau ne quittait pas des yeux le visage de Georges ; M^lle Guyard et M^lle Blot, deux vieilles filles qui avaient l'habitude d'accompagner toujours le Bon Dieu pour voir les intérieurs, échangeaient des regards en s'indiquant du coude un meuble ou une tenture. La comtesse, debout, dans la fenêtre, n'osait pas ouvrir les yeux ; elle avait aperçu Georges si pâle, qu'elle restait là, tête basse, les paupières closes, glacée sous un reproche qui la poignait.

Le prêtre exhortait le mourant, lui montrant quelle triste vie il quittait et pour quelle vie bienheureuse, un monde misérable pour le ciel des élus, la société passagère d'hommes trompeurs pour l'éternelle compagnie de l'immuable Vérité. Et, quand il eut posé l'hostie sur les lèvres blêmes de Georges, dont les yeux se fermèrent pieusement et qui parut s'endormir, il commença les onctions. Marie recouvrait doucement les membres mis à nu, pendant que Pierre maugréait qu'on tracassât ainsi le pauvre enfant, au risque de lui faire prendre froid, de l'achever peut-être. La comtesse pleurait. Les dévotes regardaient, tout en murmurant des *amen* aux endroits prescrits. Un grand silence planait sur la solennité de la cérémonie, dans la tristesse de cette mort si jeune. Puis, les onctions terminées, après quelques mots d'encouragement, le curé, très ému, sortit précédé de ses choristes et suivi des fidèles, satisfaits d'avoir prié et d'avoir vu.

Alors Madeleine s'approcha du lit, près duquel Pierre et Marie restaient seuls ; elle baisa Georges au front et s'agenouilla.

—Il est très calme ; regarde-donc, femme ;
sa respiration est régulière... On dirait du bon
sommeil...

Et le vieux jardinier se penchait :

— Il transpire... Il est tout en sueur... Je ne
me trompe pas...

—Jésus ! Maria ! le docteur a dit que ce serait
bon signe... Si ça pouvait être la crise qu'il attendait... Madame, vous le fatiguez ; ne vous ap-
puyez pas, vous allez lui faire mal... A la fin...
madame !...

La comtesse s'était levée, obéissant au bras
de Marie qui la tirait, et, comme pour emporter
un éternel souvenir de cette scène, lentement,
ses yeux firent le tour de la chambre, s'arrêtant
sur chaque objet.

Une grande fenêtre s'ouvrait en face du lit ;
les murs et le plafond étaient tendus d'une
étoffe d'un bleu ancien très pâle ; les meubles
laqués blanc. Sur la cheminée, une Vierge en
marbre blanc ; des vases pleins de roses blanches ; une coupe en argent. Quelques bandes
de soie crême, peintes de tons gris et bleus très
doux, tombaient le long des panneaux ; le tapis
était bleu ; à gauche et à droite du lit, deux grandes fourrures d'ours blanc étaient étendues. Le lit

en cuivre nickelé, aux matelas et aux couvertures de soie bleue, disparaissait presque sous un
couvre-pieds de peaux d'hermine ; il était placé
debout contre la muraille, et, au chevet, au-dessus de la tête de Georges, un grand portrait
rayonnait dans un cadre de velours blanc.

C'était un portrait de femme. La comtesse eut
un frisson. Elle regarda de nouveau, et ses yeux
semblaient ne pouvoir plus se détacher du
tableau : une femme blonde, très jolie, jeune
encore, très pâle, souriant à peine et si tristement.

La comtesse était immobile et regardait toujours, livide.

Pierre, que cette attitude intriguait, poussa du
coude sa femme qui, sans cesser d'essuyer avec
douceur le front de Georges, où perlaient de
grosses gouttes de sueur, dit brusquement :

— La mère de monsieur... madame Maubray!

La comtesse fit comme un effort pour parler,
mais ce ne fut qu'un instant après qu'elle put
dire à Pierre en s'éloignant à reculons, les yeux
toujours sur le portrait :

— Sa mère !... Ah !... Sa mère s'appelait ?...

— Dame ! ma bonne dame, vous savez, ces
noms étrangers... ça n'est pas du pays... on ne

les retient pas... Il est pourtant écrit tout au long sur la tombe... mais faudrait savoir lire...

— Ah !... la tombe... la tombe !...

— J'ai si peu de mémoire... Enfin madame Maubray, quoi !... une bonne femme, toujours !

— La tombe... oui, merci.

Trébuchante et s'appuyant aux murs, Madeleine sortit.

Quand elle arriva sur la jetée, un vent de mer frais la secoua. Elle resta tout d'abord, comme suffoquée au sortir d'un cauchemar, mais elle eut vite rassemblé ses idées, et sa décision fut prise. Elle rentra chez elle, demanda le coupé, s'habilla, et se fit conduire au cimetière.

Là, le gardien lui montra une tombe, sur le marbre blanc de laquelle elle lut cette inscription :

WILLIAM JOHN EDWARD MAUBRAY
*6 janvier 1821 — 18 juin 1879*

et au-dessous :

ÉLISABETH-ANNA-MARY GORDON
*sa femme*
*3 mai 1832 — 6 septembre 1880*

La comtesse se sentit tournoyer dans un éblouissement. Instinctivement elle étendit les bras et s'appuya sur une croix et resta quelque temps ainsi, la tête pesante sous le coup violent qui l'avait courbée.

Elisabeth Gordon ! C'était bien l'institutrice anglaise qui avait été sa compagne à Brest, sa confidente à Londres... C'est à elle que son père avait livré l'enfant... Et l'enfant ! C'était ce Georges Maubray ! Oh ! non ! cela n'était pas possible ! Est-ce qu'un instinct ne l'aurait pas avertie ? Georges, son fils !.. Cette femme avait écrit que l'enfant était mort !... Quoi ! Georges est l'enfant de cette femme et de ce Maubray !... L'âge pourtant !... Georges a vingt ans... Et l'autre aurait vingt ans, aussi... Elle se rappelait la date, le 6 juillet 1864... dans la petite maison de Leicester Street. Quelle journée !... Si c'était Georges, mon Dieu ! Elle, sa mère ! et qu'elle l'eût ainsi haï !... Oh ! pis que cela, aimé ! Son fils !

Et elle allait rester là, sans savoir, doutant ! Une femme comme elle ? Non ! Elle saurait ; elle le voulait.

Peu à peu, elle se calmait et les virilités de sa nature prenaient le dessus ; elle était en face d'un problème à résoudre et tout son esprit était tendu vers la solution. Il la fallait nette, prompte...

En regagnant sa voiture, elle pensait :

— Elisabeth Gordon, c'est elle, il est impossible de douter ; mais lui ?... Son âge ? Oui, l'âge de Georges, maintenant... M. Boulard saura...

Elle donna l'adresse du notaire à Saint-Malo. En route, elle rencontra le docteur Biguerel qui venait de voir Georges.

— Un miracle, madame la comtesse !... Vous verrez qu'ils auront fait un miracle !... La crise que j'espérais s'est produite, mais je parie bien que la médecine n'y sera pour rien, cette fois encore, et que votre curé aura guéri M. Maubray, tout seul...

Derrière leurs lunettes bleues, les petits yeux jaunes du docteur pétillaient d'âcre malice.

— C'est égal, ajouta-t-il, ils se sont un peu pressés de le condamner, pour le sauver ensuite. En s'y prenant comme cela, monsieur le curé fera souvent des miracles.

Mais la comtesse avait déjà fait partir la voiture, l'esprit moins calme, comprimant les battements de son cœur que la bonne nouvelle secouait durement. Cette pensée, qu'elle avait à réparer le mal fait et qu'elle le pouvait maintenant, puisque Georges allait vivre, passait comme une obsession parmi ses préoccupations premières et la troublait jusqu'à l'anéantir dans cette unique certitude : il vivrait ! Elle se laissa tomber doucement dans le charme de cette absolution et ce fut seulement dans le cabinet de M. Boulard, après quelques phrases banales échangées, qu'elle reprit nettement conscience des questions qu'elle avait à poser au notaire sur la date et le lieu de naissance de Georges.

Mais Boulard semblait préoccupé et, quand il eut répondu à la comtesse qu'il n'avait jamais fait les affaires de la famille Maubray, qu'elle devait s'adresser à son confrère, Mᵉ Lenormand, il avoua tout franchement qu'il avait l'esprit ailleurs : son neveu Bréhat l'avait quitté, la veille, par un coup de tête encore ; ah ! ces marins ! Enfin il était heureux, tout de même, d'apprendre que M. Georges allait mieux et que, sans doute, il s'agissait pour lui d'un mariage, puisque madame la comtesse s'informait de son âge et du lieu de sa naissance. Mais à ces questions, Mᵉ Lenormand pouvait, seul, répondre... Tous ses regrets, tous ses regrets...

Dans l'escalier, la comtesse rencontra la baronne qui montait, très pimpante.

— Vous ! tiens ! je vous croyais partie !

— C'est le neveu qui est parti ; la tante reste !

— Comment ? la tante...

— Chut !... je le fais nommer député et je l'épouse à la rentrée des chambres.

— Maître Boulard ?...

— Gardez-moi le secret, chère amie ! Maintenant que Bréhat est parti, je réponds presque du succès. Adieu, il m'attend... Et vous ? Comment va le petit ?

— Mieux ; il a failli mourir, mais je le sauverai...

— Jusqu'à présent, dites-donc, c'est lui qui s'est sauvé... eh ?

— Ne plaisantez pas, ma chère ; vous n'avez rien compris à ceci ; je marierai M. Maubray à Yvonne et je n'ai jamais voulu autre chose.

— A propos, le marquis...

— Eh bien ?

— Embarqué, ce matin, avec Testard, pour Paris ; une adoption, ma chère ! La pêche aux titres, quoi ! et aux gendres aussi, car on dit que M^{me} Morambeau marie sa fille à Itzkany !... Quelle saison !... Je me sauve !

Auprès de M^e Lenormand, M^{me} Dupuis-Miron se heurta à un refus très catégorique. Ce notaire, gourmé dans sa cravate blanche et

pontifiant dans son fauteuil, allégua qu'il ne
pouvait ainsi, sans l'autorisation de son client,
introduire une étrangère — il avait le regret de
ne pas trouver un autre mot — dans ses affaires
de famille. A quel titre M<sup>me</sup> la comtesse pou-
vait-elle exiger une réponse de lui... Un mariage ? mais dans l'état de santé de son client,
il était au moins prématuré d'y songer. Une
fois M. Maubray rétabli, il se ferait un plaisir,
sur l'injonction du principal intéressé, de four-
nir à M<sup>me</sup> la comtesse tous les renseignements
désirables, exhiber toutes pièces, produire tous
titres...

— Mais il ne s'agit pas de tout cela, monsieur,
disait la comtesse, que la lenteur et la solennité
du tabellion irritaient ; je ne vous demande
qu'un lieu et une date... que je saurai sans vous,
mais que vous pouvez me donner plus vite ; et
je vous assure qu'il ne peut résulter de cette
communication rien que d'heureux pour votre
client. Enfin, je ne suis pourtant pas la première
venue ; vous savez mes relations d'amitié avec
ce cher enfant et je ne veux savoir que ceci :
M. Maubray n'est-il pas né à Londres, dans
Leicester Street, le 6 juillet 1864 ?

La comtesse s'était levée tremblante. Le notaire, après un instant de réflexion, ouvrit un carton, y feuilleta quelques papiers :

— Je ne crois pas manquer au secret professionnel, madame la comtesse, en vous répondant qu'en effet M. Georges Maubray est bien né à Londres, Leicester Street, le 6 juillet 1864, mais je ne saurais aller plus loin dans la voie des confidences. Madame la comtesse, j'ai bien l'honneur de vous saluer.

La comtesse était déjà dehors que Mⁿ Lenormand s'inclinait encore, la main sur le bouton de la porte.

— A la villa, dit-elle, suffoquée et chancelante, au valet de pied qui la soutint. Et quand elle se fut affaissée dans la voiture, avec de petits cris d'enfant, faible dans sa joie, elle répétait, comme un refrain de chanson :

— C'est lui !... c'est lui ! Comme nous allons être heureux !

# XVI

ON fils ! il n'y avait plus moyen de douter. Par l'intermédiaire de son notaire de Paris, la comtesse avait reconstitué l'état civil de Georges, né à Londres, de père et mère inconnus, le 6 juillet 1864, reconnu par M<sup>lle</sup> Elisabeth-Anne-Marie Gordon, le 5 septembre de la même année, légitimé enfin par le mariage de sa mère avec M. Maubray, deux ans plus tard.

Son fils ! avec quelle joie suivit-elle les progrès d'une rapide convalescence, hâtée encore par tout l'espoir qu'elle se plaisait à donner à Georges d'une prochaine réalisation de ses chers désirs.

— Je vous dis que vous l'épouserez ; guérissez-vous seulement ; guérissez-vous vite ; on ne vous demande plus que cela.

Son fils !... Elle avait écrit au comte pour s'excuser de ne pas aller le rejoindre à Jersey, retenue qu'elle était auprès de Georges souffrant ; elle l'engageait à rentrer au plus vite en France et à retourner à Paris, où de grandes nouvelles lui seraient apprises. Dans une seconde lettre même, elle avait ajouté :

— Allons ! dépêchez-vous ; *vous êtes parti, je ne vous ai plus vu et vous avez vaincu !* Le triomphe aura lieu à Paris, en novembre, mais j'y mets une grosse condition ; vous êtes libre de refuser.

Avant de regagner Paris, le comte ne put s'empêcher de revenir à Saint-Malo, où il eut une entrevue avec madame Dupuis-Miron. Celle-ci, très franchement, le mit au courant de la situation de Georges :

— Maintenant, fit-elle, vous comprenez que je tienne à le marier. Donnez-lui Yvonne et j'accepte votre nom. Quant au sien, mon Dieu ! s'il vous gêne, nous lui passerons le nôtre...

— Non, riposta le comte, je lui crois trop d'esprit pour accepter. Il y a assez d'un Testard et d'un Kercozannet ; ne tombons pas dans le même ridicule.

Yvonne apprit avec joie le rétablissement de Georges et promit, avec de gros baisers, à la comtesse de bien garder le secret de son bonheur que, malgré la défense de M. d'Auffreville, celle-ci n'avait pu s'empêcher de lui confier.

— Laissez-vous réinterner au Sacré-Cœur, et fiez-vous à moi, ma chérie ; nous vous donnerons vos étrennes dans votre corbeille de mariage. Et comme vous ne pouvez pas aller voir Georges, ce qui ne serait pas convenable, donnez-moi cette rose qui se fane à votre cou et je la lui remettrai pour vous.

— Non, dit Yvonne, rien qui se fane ; ceci.

Elle prit dans son corsage une petite médaille retenue par un fil d'or et l'offrit à la comtesse.

— Maintenant, en route pour le Sacré-Cœur.

J'aurai l'air de ne me douter de rien ; seulement
ne me faites pas trop attendre, comtesse.

— Ce sera pour vos étrennes, mignonne, et
puisque c'est le grand jour des secrets, un autre encore : votre père se marie !

— Oh ! le vilain !... Une belle-mère !

— Et la belle-mère, c'est moi.

— Ah ! c'est gentil, ça, par exemple ! Si c'est
vous, je ne dis plus rien... Vous !... Il y a une
opérette comme ça : *La Femme à Papa* ! C'est
vous !... Comme c'est drôle ! Alors, mais je
vais être votre fille, moi, et puisque Georges
sera mon mari, il sera aussi votre fils...

— Oui, chérie ! votre petit cœur va droit au
fond des choses. Je serai votre maman à tous
les deux, une bonne maman, point méchante,
et qui fera toutes vos volontés...

— Comme on va s'amuser, mon Dieu !

— Et comme on va s'aimer, n'est-ce pas ? Allons, partez vite pour Paris ; aussitôt que Georges sera rétabli, nous irons vous y rejoindre.
Maintenant, je retourne à lui ; avec tant de bonnes nouvelles et votre médaille, il ne peut pas
manquer d'être sur pied avant quinze jours.

Quinze jours après, en effet, Georges, à côté

de la comtesse, assistait, dans l'église de Paramé, à la messe de mariage de Victoire Morambeau et du bel Itzkany, toujours gratifié, par la
bonne grâce du curé, de son titre de prince,
mais que l'état civil avait vivement taquiné, en
refusant de joindre à son nom : M. Leprince, le
nom de sa mère, née Itzkany, combinaison qui
donnait tant de prestige à l'élégant jeune homme.
Les Morambeau avaient fait la grimace ; ils en
firent même beaucoup d'autres, pendant les trois
semaines qui précédèrent la cérémonie, mais
l'escapade de Victoire les avait mis dans l'im-
possibilité de refuser ce gendre, et leur pru-
dence avait même exigé que la conclusion fût
hâtée, tant les aveux de leur fille les avaient
bouleversés !

— Soyez donc président du tribunal, avait
geint madame Morambeau, pour que des choses
pareilles vous arrivent.

— Pfou ! avait conclu piteusement le pauvre
président.

Tout fut mis en œuvre, néanmoins, pour donner à cette union le caractère de la plus grande
correction possible. Les solistes du Casino se
firent entendre pendant la cérémonie ; le discours
du curé fut touchant, quand il parla de la mariée,

et de sa chère et sainte famille ; un peu d'embarras le fit hésiter plusieurs fois, quand il s'agit
du marié, mais, la rhétorique aidant, il sortit
sans trop de peine de ses périodes embarrassan-
tes. Une allusion à la nombreuse assistance, qui
venait témoigner de sa sympathie aux jeunes
époux, et à la qualité des témoins, dont la haute
situation semblait rayonner sur eux, permit au
digne homme d'atteindre la péroraison, qui fut
toute d'espoir et de promesses de bonheur.

Ah! les témoins, c'était la branche de salut
des Morambeau, et ils en étaient d'autant plus
fiers que, pour en décorer leur gendre, ils avaient
sué sang et eau, les pauvres ! Le député Girault
et le préfet Le Faulcheux s'étaient déclarés très
fiers de servir de parrains à mademoiselle Victoire, mais quand il avait fallu trouver la paire
du prince, les difficultés avaient paru d'abord
insurmontables. Ce fut la baronne Herrmann
qui obtint, tant son influence sur M. Boulard
s'accentuait de jour en jour, que le digne maire
endossât l'habit noir et le fit endosser à son adjoint, M. Gourieux des Buffards, pour assister
le jeune homme en cette occurrence.

Le soir, un copieux dîner réunit les invités à
La Bigne, propriété du président. Le parc fut

illuminé *à giorno* et on tira même quelques fusées. Brunel, Charil et Dufour, beaux comme à l'ordinaire, sur l'invitation expresse de leur ami, s'abstinrent de tout procédé excentrique ; madame de Minteville, seule, refusa d'entendre raison et son décolletage exagéré fut vivement blâmé par quelques Malouines.

La comtesse et Georges s'étaient excusés pour raison de santé et dînaient ensemble chez Georges. Le jeune homme ne savait comment exprimer sa joie et sa reconnaissance, et toujours il l'essayait, dans la simplicité de son cœur.

— Comment pourrai-je assez vous remercier ? Quand je pense à tout ce que je vous dois...

— Vous ne me devez rien ; je suis si heureuse.

— Tenez, je m'en veux de ne pas vous avoir sauté au cou, dès le premier jour, et, sitôt que je vous ai rencontrée, de ne pas avoir deviné tout de suite, aveugle que j'étais, ma bonne fée, ma chère marraine, ma grande sœur, ma meilleure amie, ma seconde maman...

La comtesse leva les yeux, et gravement :

— Vous aimiez beaucoup votre mère ?...

Georges sourit doucement :

— Vous me demandez toujours cela ; vous êtes donc jalouse ? La pauvre chérie, oui, je l'aimais tendrement ; je l'aime, car elle est toujours présente, et maintenant plus que jamais, puisque vous êtes là.

Il y eut un long silence ; la comtesse avait pris les mains de Georges et les baisait avec des larmes.

— Je la vois toujours, reprit-il, bonne et dévouée, mais si triste ! Elle ne souriait jamais.

— Vous en avez souffert peut-être ?...

— Quelquefois ! fit Georges à voix basse.

La comtesse respira, comme heureuse de cet aveu que le jeune homme essayait d'atténuer maintenant et de reprendre :

— Elle avait eu de grandes peines, sans doute...

— Vous l'a-t-elle dit ? fit Madeleine anxieuse.

— Elle ne parlait jamais du passé. Cette dépendance, dans laquelle elle avait vécu sa jeunesse, avait attristé son cœur. Le souvenir lui en était pénible.

— Votre mère était bonne ; soyez sûr qu'on a été bon pour elle et que, dans la position dont vous parlez, elle n'a dû trouver que des amis... La jeune fille, auprès de laquelle votre mère a vécu, a dû être la première à comprendre ce qu'il y avait de pénible...

— Je voudrais le penser.

— Voyez comme Yvonne est gentille avec *miss*...

— Ma mère m'eût parlé d'Yvonne ; elle ne m'a jamais rien dit de l'autre...

— Pas un mot ? pas un nom?... fit la comtesse, refoulant des sanglots qui montaient à sa gorge.

— Rien !... Parlons d'autre chose, voulez-vous ?

Et Georges se leva...

— Mon Dieu ! mon Dieu !... soupira Madeleine, en étreignant son mouchoir sur ses lèvres pour étouffer les paroles ; elle ne lui a même pas dit mon nom...

Quelques jours après, ils partaient pour Paris. Jusqu'à son mariage, Georges devait habiter l'hôtel de la rue de Boulogne.

## XVII

LES premières semaines du retour à Paris furent absorbées par l'installation de Georges et son acclimatation.

La comtesse lui avait choisi, au second étage de l'hôtel, deux chambres, dont les fenêtres ouvraient sur le jardin, en plein midi.

— Ce ne sera pas l'air pur de Paramé, disait-elle, mais vous aurez, du moins, tout le soleil d'automne et vous verrez quelques arbres, pour ne pas les oublier tout à fait. Nous tâcherons de vous distraire jusqu'en janvier, mais pas trop, juste assez pour que vous .regrettiez encore Yvonne, un tout petit peu.

Chaque jour, elle faisait monter au cher enfant un livre ou un bibelot nouveau, quelque chose qui rendît l'appartement plus commode ou plus agréable, raffinant toutes les délicatesses de la maternité la plus tendre, dans une folle envie de racheter vingt ans d'affection perdue par tant de petits soins et de gâteries.

Sur la cheminée de la chambre à coucher, elle avait posé, elle-même, son portrait, dans un cadre de vieil argent, qui, sous un ressort à secret, enfermait le portrait d'Yvonne.

Tous les après-midi, ils sortaient en voiture et parcouraient Paris. Le bonheur de la comtesse était grand, à toutes les surprises du jeune homme, doucement initié par elle aux beautés de la ville merveilleuse. Jardins, parcs, monuments et musées, en bons provinciaux qui ont un mois à passer dans la *capitale*, ils visitèrent tout, sans perdre un détail ; lui, très curieux de ces splendeurs nouvelles ; elle, prenant plaisir à tout ce qui intéressait Georges. Ils admiraient, de gaîté de cœur.

Et puis, ce fut Versailles, et Fontainebleau, et Chantilly, et Compiègne.

Un jour, qu'ils étaient allés déjeuner à Villebon, dans l'Ermitage, la comtesse eut une grande joie. Pendant qu'elle était occupée à régler la note, Georges avait disparu parmi les bosquets, et, comme elle le cherchait des yeux, la caissière lui avait dit :

— Votre fils est là-bas, madame, auprès du grand arbre.

Elle avait répété le mot à Georges, intimement heureuse de ce que, dans un tel milieu surtout, aucune ambiguité de relations n'était supposée entre elle et son enfant bien-aimé. Elle était heureuse de s'entendre dire ainsi ce qu'elle aurait tant voulu pouvoir dire elle-même.

En revenant, elle pensait à cette joie, quelque jour, d'avouer tout à Georges. Mais, sous le regard du jeune homme, elle se sentait rougir et comprenait qu'elle n'oserait pas. Plusieurs fois déjà, timidement, elle avait essayé de préparer l'aveu en faisant allusion, à mots couverts, à des situations analogues ; mais, à de brèves réponses de Georges, elle avait senti que, par lui, les excuses de la passion n'étaient pas acceptées encore.

Dans cette âme adorablement chaste, les idées d'honneur et de devoir se définissaient sous leur acception la plus stricte. Pour lui, la Mère incarnait toutes les vertus rêvées, et il semblait impossible d'arracher du trône de son adoration Celle qu'il avait placée si haut dans son estime.

Et qui mettre à cette place ? Une femme dont la maternité avait cette tache originelle, ineffaçable ! Une mère qui ne s'était révélée que par hasard et avec combien d'hésitations !

Plus tard, quand la vie, qu'il rêvait si fière et si droite, se serait montrée à lui dans sa tristesse et sa médiocrité ; quand il comprendrait de quelles faiblesses, de quels tâtonnements, de quelles incertitudes, de quelles chutes, hélas ! la plus solide vertu se compose ; alors, elle oserait, peut-être, sûre d'être mieux comprise et d'être pardonnée, lui avouer la douloureuse réalité.

Parfois aussi, sa coquetterie de femme galante se révoltait à la pensée d'accepter un grand fils de vingt ans. Et à de certaines heures, où des retours terribles vers les anciennes habitudes la sollicitaient ardemment, elle en arrivait à regret-

ter presque que le hasard lui eût appris, à elle
si tranquille jusque-là, l'existence de cet enfant
qui allait bouleverser sa vie.

C'est pourquoi, au lieu de rompre brusquement avec tout ce qui lui rappelait le passé, malgré tant de bonnes résolutions prises dans la
première ferveur de ses repentirs, elle rentra peu
à peu dans le cercle des relations faciles et reprit
les amitiés compromettantes d'autrefois.

Brunel, Charil et Dufour furent rappelés à
l'hôtel et y passèrent des journées, dans la familiarité bohême de l'atelier, auprès du père Bour-
det, le vieux praticien, qui travaillait un marbre,
et du *maestro* Giardini, le répétiteur de musique,
occupé à retoucher qnelques mélodies que la
comtesse se proposait d'éditer.

Les fréquentes visites de M. d'Auffreville et
ses envois de fleurs commençaient à importuner
Madeleine. Ce mariage ne lui semblait plus aussi
nécessaire ; elle eût voulu pouvoir s'y dérober.

Un soir, à l'Opéra, pendant que Georges, les
yeux pleins de douces larmes, écoutait le troi-
sième acte de *Faust*, assise au fond de sa loge,
auprès du comte, Madeleine lui fit comprendre
qu'il pourrait attendre longtemps encore la réalisation de ses espérances.

—Rien ne nous presse, voyons ! Les enfants pourraient commencer ?

— Revenons aux termes du traité, comtesse ; nous, d'abord ; les enfants, après.

Et le comte semblait cacher un *ultimatum* sous le plus aimable sourire.

Les dîners littéraires avaient refleuri. Madame de Minteville, plus décolletée et plus maquillée que jamais, fit sa rentrée au bras de du Mirail de Bois-Trubert, le critique musical si mielleux de *La Gaule*. La baronne Herrmann revint, traînant après elle l'excellent Boulard, qui, affolé par le brusque départ de son neveu, depuis la vente de son étude à la suite de son élection, se cramponnait à son Egérie.

Georges parut s'amuser à quelques-unes de ces agapes artistiques, où défilèrent successivement tous les aspirants de la littérature et des arts. Il contempla, avec une curiosité souriante, les gilets étonnants du poète Aubin Galadoux, déclamant toujours son même sonnet, *l'Antiphonaire*, dont le cliquetis de mots liturgiques vibrait aux éclats de sa voix sonore ; et les faux cols droits énormes, éblouissants de blancheur, clos d'un immense bouton d'or mat, du chroniqueur Robert Faria de Leoni ; et la chevelure

moyen-âge du pâle et blond Sévère Lemonnier.
Il vit Edouard Godin, un jeune numismate,
effrontément maquillé, par horreur du naturel
et en mémoire d'un jeune prince assyrien qu'il
aimait ; Arthur Molinier, célèbre pour une pla-
quette, éditée à Bruxelles : *La Marmite* ! et qui
en préparait une autre, par contraste, chez Le-
merre : *L'Ange* ! Et le duc Romano Sguardia,
qui vivait à Paris, avec une maîtresse, de la
pension de trente mille francs que lui faisait sa
femme, une ancienne chanteuse ; et la petite
Hunting, que les jeunes gens se montraient
avec des sourires de convoitise et qu'ils avaient
surnommée : *Le Marquis* ; et M^{me} Le Mesle de
la Bouverie, une grande maigre qui composait
des romances et les chantait ; M. et M^{me} de
Briais, dits *le Centaure et l'Amazone* ; M^{lle} de
Labougère, auteur de plusieurs tragédies ; le
beau Gonzague de Perilta, follement aimé, malgré ses refus, par la fameuse tragédienne que
Faria avait surnommée *Rachel Benoiton*, en raison de ce qu'on ne la voyait sur aucun théâtre ;
Louis de Kérizel, un écœuré, qui se tuait avec
la morphine.

Combien d'autres encore! Vanberg, qui n'em-
ploie que le passé défini dans ses chroniques ;

Robert Lebourcher, dit *neuvième mineure*, à cause de sa prédilection pour cet accord ; le ténor Duverty, toujours en disponibilité par suite de ses prétentions ; M. et M^me Dubourg, un vieux professeur de chant et sa jeune élève, mariés après un long stage ; les Pereira, un couple journaliste ; M^me de Pieramonte, une romancière catholique, qui fait de petits vers polissons ; M^me de Prémaurel, un sculpteur, toujours flanquée de son mari et de leur ami, le vieux député Viardin ; la princesse Oblowitz, une horrible vieille entourée de petits jeunes gens ; la comtesse de Champmaron, M^me de Saint-Isidore, M^lle de Mont-Privat, M^me de Saint-François, d'affreuses grosses femmes, cachant, sous des pseudonymes grotesques, des noms plus ridicules encore, écrivaillant des choses de modes dans des revues quelconques, et s'habillant des pieds à la tête des cadeaux des fournisseurs.

Après un de ces dîners, Georges traversait un salon, ayant à son bras M^me de Briais, quand il aperçut Duverty, qui le montrait, en souriant, à M^lle Hunting ; en revenant, après avoir salué *l'Amazone*, il entendit la jeune fille qui disait au ténor :

— Il est mieux qu'Itzkany !

Il se sentit rougir. Cette comparaison le blessait. Sans en bien pouvoir définir le motif, il
devint subitement triste et se retira dans un
petit salon, pour fuir la promiscuité de ces invités de la comtesse.

Le fumoir était voisin, et, par une porte ouverte, Georges entendait, parmi des éclats de
voix et des rires, des mots qui le troublaient
profondément. On parlait familièrement de la
comtesse ; le nom du prince revenait souvent,
mêlé à celui de Madeleine, car ces jeunes gens,
entre eux, nommaient ainsi M^me Dupuis-Miron.
Une fois, même, il lui sembla que son nom, à
lui, avait été prononcé et que les rires avaient
redoublé ! Il restait là, n'osant pas s'approcher,
de peur d'entendre.

Les Briais passaient, filant à l'anglaise pour
une autre soirée :

— Il paraît que c'est lui, maintenant, disait
M^me de Briais ; il est gentil, tout de même. Elle
le présente comme le fils d'une amie de province.

— Oui, fit le mari ; elle m'a raconté son boniment. Le prince est marié, paraît-il.

Et ils disparurent. Georges sentit des larmes

lui venir aux yeux. Que signifiait cette perpétuelle association de son nom et de celui d'Itzkany avec le nom de la comtesse ?

— Pas drôles, les soirées de votre comtesse
Gendelettre, cria un grand garçon, en se sauvant.

— Une *nursery*, dit un autre.

Georges suffoquait. Il monta vite dans sa
chambre et s'y enferma. Les bruits de la soirée
arrivaient jusqu'à lui ; il pleurait. On vint plusieurs fois frapper à sa porte ; sans doute, la
comtesse ; il pleurait. Et quand les bruits cessèrent et que l'hôtel devint silencieux, il pleurait
toujours, le cœur serré, étouffant, dans le dégoût d'on ne sait quelle honte instinctive qu'il
sentait accumulée autour de lui.

Le lendemain, il manifesta à la comtesse son
intention de retourner à Paramé et d'y rester
jusqu'au moment de son mariage. Et quand
Madeleine voulut essayer de lui faire donner
ses raisons d'un si brusque départ, Georges
refusa de s'expliquer, rougissant, balbutiant,
cherchant des prétextes.

Mais elle avait compris et cessa toute insistance.

— Vous me donnerez bien huit jours, fit-elle ;

huit jours pour moi, rien que pour moi, à nous
deux.

Le mercredi suivant, Yvonne et son père vinrent déjeuner à l'hôtel.

Après le déjeuner, les deux enfants firent un
peu de musique. Ils prenaient plaisir à rejouer
le *Duo Villageois*.

— Il ne faut pas partir, dit tout à coup
Yvonne.

— Vous ne voulez pas ?

— Non.

Et Georges promit de rester, sans qu'il y eût
entre eux aucune autre explication.

Le soir, la comtesse annonça à Georges que
son mariage avec le comte aurait lieu dans les
derniers jours de décembre. Ils étaient convenus
que la cérémonie se ferait à Auffreville ; ils pré-
féraient la tranquillité de la chapelle du château
à l'éclat d'un mariage à Paris.

— Nous réserverons toutes les grandes fêtes
pour le mariage de nos enfants, en mars. Pour
eux, il n'y aura ni trop de joie, ni trop de monde.
Etes-vous content ?

— Vous êtes bonne, fit Georges, en baisant

la main de la comtesse ; et vous comprenez tout, à demi mot.

— Je veux faire tout ce que vous trouvez bon ; seulement, je n'en ai pas encore l'habitude. Faites crédit à ma bonne volonté et à mon affection.

# XVIII

A serre était inondée de lumière électrique et les vitraux de ses trois grandes portes fermées scintillaient dans l'atelier, où les domestiques achevaient d'allumer les lampes aux globes dépolis voilés de rose. Dans ce demi-jour très doux, sur les statues de marbre blanc, sur

l'or des cadres somptueux, sur le noir mat des
meubles, sur les faïences, sur les cuivres, sur les
tapisseries, tombaient, çà et là, des lueurs jaunes, rouges et vertes, comme des pierres précieu-
ses détachées des verrières. A gauche, au fond
d'une grande cheminée, de grosses bûches rou-
geoyaient ; à droite, dans un angle, fermé presque par un massif d'arbustes, palmiers, lauriers-
roses, fougères, dans des caisses aux émaux
éclatants, une haute chaise sculptée, sommée
d'une couronne comtale, semblait un joli trône
féminin. Plus loin, un amoncellement de coussins de peluche, acier, bronze crême, vert pâle,
feuille-sèche, des roses jaunes, des bleus gris,
tous de nuances éteintes, de tons morts, for-
maient un divan large et bas, sur lequel, en des
robes éblouissantes, la comtesse aimait à passer
de longues heures, allongée, rêvant.

Au milieu de l'atelier, un chevalet, recouvert
d'une riche étoffe indienne, offrait aux indiscré-
tions, tout en semblant vouloir l'y dérober, une
toile inachevée ; à côté, sous un voile de soie
blanche, une ébauche en terre recouverte de
linges mouillés, attirait encore les regards. Sur
une table, auprès des revues étrangères, un
volume de Darwin, la *Psychologie* d'Herbert

Spencer et, splendidement relié, un recueil de
vers non signé, mais dont l'initiale *M*, timbrée
de l'éternelle couronne, trahissait suffisamment
l'anonyme.

La porte d'une galerie conduisant à la salle à
manger s'ouvrit et la comtesse entra, au bras de
Boulard.

— Vous êtes bien sûr qu'il viendra ?

— Mon neveu est rentré à Paris par le train
de cinq heures, comtesse ; il dîne chez le ministre, mais il m'a bien promis de venir dans la
soirée...

— Monsieur de Bréhat ne m'aime pas.

Boulard fit un geste de protestation que la
comtesse arrêta, en souriant :

— Il croit avoir ses raisons pour cela ; aussi,
sans un motif très sérieux, je n'aurais pas essayé de forcer son antipathie. Mais il faut que
je le voie ; il y va, pour lui et pour moi, dites-le
lui bien, je vous prie, de nos intérêts les plus
chers.

Quelques groupes d'intimes, s'échappant du
grand salon, arrivaient, la tête haute, la voix
claire, s'abordant, se quittant, dans l'aimable
promiscuité qui suit un fin dîner entre familiers
d'une bonne maison.

Madame de Minteville, en robe de satin feuil-
le de rose, très décolletée, s'approchait du maire
de Paramé :

— Ce cher M. Boulard, qui nous eût dit, il y
a seulement quatre mois, que vous finiriez
député...

— Finir ! comment ? finir... balbutia le notaire
agacé ; mais je ne crois pas avoir fini, madame.

— Boulard n'a pas dit son dernier mot, fit en
souriant la baronne Herrmann, très jolie dans
une toilette mauve.

— Avec une souffleuse comme vous, ajouta
Brunel, à mi-voix, en se penchant vers la baronne,
il pourra devenir très éloquent.

— Oh ! vous ! fit-elle, en lui tapant son éven-
tail sur les doigts.

— Vous allez cumuler, mon cher monsieur
Boulard ; notaire, maire et député...

— J'ai vendu mon étude, monsieur, et je crois
avoir assez fait pour la commune ; je quitte la
mairie...

Charil qui passait fredonna :

— *Tant mieux pour elle !*

Boulard continua :

— Pour me consacrer entièrement aux affaires du pays.

— *Tant pis pour lui* !

— Vous dites, monsieur ?

— Oh ! rien, murmura Charil en pirouettant.

— Une simple chanson, monsieur le député.

Et Dufour s'avança, ayant au bras la jolie Rafaella Menardi, toujours sans engagement depuis la Scala et perdant une espérance avec la fermeture des Italiens de Maurel.

Boulard lui serrait la main, heureux de la retrouver, disait-il, et s'informant de ce qu'elle comptait faire.

— Est-ce que l'Opéra ?...

Rafaella souriait.

— Oui ! l'Opéra ! peut-être ; elle avait obtenu une audition, et Valpannier avait paru très content.

— Boulard ? fit tout à coup la baronne.

— Chère amie !

Et le député, vivement, se rendit à l'appel. Rafaella se tourna vers Dufour, en l'interrogeant du regard. Dufour s'inclina :

— Chasse gardée, oui, ma chère !

— Elle devrait bien lui mettre un écriteau, alors. On prévient, dans ces cas-là.

— C'est elle qui l'a fait nommer député ; il

est juste qu'elle en profite. On dit qu'elle veut se faire épouser... Pas bête !

— Oh ! alors, grand bien leur fasse !

Le comte entrait au bras de sa fille, radieux, et encore rajeuni, depuis que son mariage avec madame Dupuis-Miron l'avait arraché aux préoccupations budgétaires.

— Superbe ! ne trouvez-vous pas, fit madame de Minteville, en touchant le bras de Charil...

— Oui, il joue son rôle de mari de la Reine avec une aisance...

— D'Espagnol ! Auriez-vous cru qu'elle se fût mariée ?

— C'est la dernière des fantaisies que je lui eusse prêtée.

— C'est égal, le comte a fait un beau rêve...

— Aussi l'appelle-t-on, depuis, le *comte* des Mille et une Nuits...

Madame de Minteville sourit, et, très méchamment :

— On exagère... Après tout, personne n'a compté, et la comtesse n'habitait pas Pruth sur Pruth.

— D'ailleurs, elle n'a pas fait comme don Juan...

— Sa liste ?... En tout cas, ce n'est pas le comte qui la fera.

— Non ! c'est le petit Maubray, qui se charge
de faire le compte...

— Oui, de faire... le comte... ce que dit Mo-
lière... Oh ! sommes-nous méchants pour ces
bons amis !

Dans un autre groupe, on riait de l'aventure
adoptive du marquis et de Testard, que Brunel
affectait d'appeler *le jeune comte.*

— Mon Dieu ! oui, Testard est noble et le
marquis indépendant ! L'affaire d'un plongeon !
Le baptême, quoi ! Seulement, dans le plongeon, le marquis a pris un rhumatisme... Les
douleurs de l'enfantement... Un comte ne se
fait pas sans peine... Il avait pourtant l'habitude
de faire vos comptes, comtesse.

— Vous riez, fit Madeleine ; je ne ris pas,
moi ; me voilà sans intendant depuis trois
mois !

— Vous vous êtes mariée, riposta Brunel, en
lui prenant le bras, familièrement.

— Dites-donc, mon mari ne fait pas mes affaires...

— Est-ce parce qu'il fait les siennes ?

— Voilà une plaisanterie d'un goût douteux,
surtout faite à madame d'Auffreville... Brunel,
observez les nuances, mon ami ; tout est là.

La comtesse, sèchement, avait détaché sa main
pour la tendre à Yvonne, qui venait vers elle,
appuyée sur le bras de son père ; Georges marchait à côté d'eux. Ce fut un moment délicieux ;
on se souriait, on se serrait les mains. Le comte
avait annoncé la bonne nouvelle à sa fille, qui
s'était amusée à lui feindre l'étonnement, et il
l'amenait à madame d'Auffreville :

— Je ne veux pas me faire meilleur que je ne
suis, mes enfants ! Embrassez la comtesse ; c'est
à elle que vous devez ce joli cadeau d'étrennes.

Au grand salon, le marquis venait d'entrer, flan-
qué de Testard, et serrait les mains de droite et
de gauche, la tête haute, indépendant qu'il était,
désormais, dans cette maison dont il avait été
le premier domestique. Une pointe de raillerie
perçait pourtant, malgré lui, dans ses présentations.

— Chère madame, mon cher ami, permettez-
moi de vous présenter monsieur, qui m'est attaché désormais par le plus doux des liens, mon
fils adoptif, le comte de Kercozannet.

Testard se rengorgeait, sans trop remarquer
les sourires, et le vieux marquis passait, portant
tout à coup vivement la main à sa hanche gauche, où le rhumatisme adoptif s'était logé :

— Aïe !

Venus à Paris, pour installer leur fille et leur gendre, qui, grâce à la protection de Boulard, avait obtenu une place aux Beaux-Arts, le président et madame Morambeau avaient accepté l'invitation de madame d'Auffreville, enchantés de pouvoir rapporter des nouvelles au pays. Ils traversaient les salons, ahuris, ne quittant pas leur fille Clémence, prudemment placée entre eux et qui, depuis l'aventure de Victoire, était gardée à vue.

— Ce n'est plus à l'anglaise, maintenant, disait Brunel.

On venait d'annoncer : le prince et la princesse Itzkany.

— Quel aplomb, fit Testard, en serrant la main du jeune romancier d'avenir.

— Oui, mon cher comte, accentua Brunel, d'une voix narquoise. Et ce rhumatisme, mon cher marquis?

— Quel rhumatisme? Je n'ai pas de rhumatisme, monsieur ! Aïe !

— Quelle fierté ! M. K !

Et Brunel, prenant le bras de Charil, fit quelques pas vers la porte d'un petit salon, où les arrivants affluaient :

— M. le duc de Rio-Manarès... M. le comte
Rizzio... Son Excellence Ismaïl-Bey !

— Les pays chauds !

— La comtesse de Champmaron... M^{me} de
Saint-Isidore... M^{lle} de Mont-Privat... M^{me} de
Saint-François...

— Les bas-bleus, dit Charil.

— La vieille garde... littéraire, riposta Brunel.

— Brr ! Les pays froids !

— Les mères du Nord...

— Les grand'mères, dis-donc !

— M. Bodin-Giroux...M. Germain, du Nord...
M. Dubois-Princé.

— La Chambre des députés !

— La Chambre ! regardez-moi ces touches,
fit Dufour, qui s'approchait ; l'antichambre, tout
au plus...

— Le ministre n'est pas venu, demanda tout
bas madame Morambeau à Brunel, qui rentrait
dans l'atelier.

— Pas encore, madame.

— C'est que je tiens à lui parler pour mon
gendre.

— Oh ! le beau salon.

— C'est un atelier, madame.

— Les beaux tableaux !

Brunel écarta l'étoffe indienne du chevalet ; une nudité rosâtre apparut :

— *La mort d'Adonis*, que la comtesse termine depuis cinq ou six ans.

— Emmène-donc ta fille, fit vivement madame Morambeau, en poussant Clémence vers le président.

— Mais puisque Victoire regarde, maman !...

— Victoire est mariée, mademoiselle.

— Comme il est gentil! disait Victoire, en riant.

— Chut ! on ne dit pas ça tout haut.

Et son mari lui serrait le bras. Brunel continuait ses fonctions de cicerone; on était devant une statuette en marbre :

— Cet enfant sur une boule...

Madame Morambeau rappela le président :

— Tu peux venir... Ah ! la comtesse fait aussi de la sculpture religieuse?

— Non, c'est un symbole, madame; une idée de la comtesse : *l'Amour, roi du monde* !

— Emmène ta fille, recommença la présidente.

— Mais alors pourquoi...? grommela Clémence.

— Ce n'est pas ce que je croyais ; passons, monsieur Brunel, je vous en prie... à cause de...

— Je comprends, fit Brunel, qui continuait l'explication des toiles pendues aux murs dans des cadres somptueux :

— *Le sommeil d'Orphée... La toilette d'Anti-noüs... Alcibiade au bain... Le réveil d'Apollon.*

Madame Morambeau levait à chaque fois la tête et la rabaissait vivement, ne trouvant pas, sur toutes ces carnations roses et blondes, un point chaste où reposer sa vue.

— Et c'est la comtesse qui a fait tout cela ?

— Mais oui !

— Elle-même ?

Il y avait dans ce mot autant d'admiration naïve pour le talent que de dégoût pour les sujets.

— Elle-même ? Oh ! riposta Brunel... plus ou moins !... Voici son chef-d'œuvre...

A ce mot, toute la famille Morambeau se rapprocha :

— *La tristesse d'Abailard* !

Ce fut une débandade ; le président, bousculé par sa femme, soupira un *pfou* résigné ; madame Morambeau entraînait Clémence. Victoire, elle, s'était plantée devant la toile et l'inspectait :

— Comme il a l'air triste ! Qu'est-ce que c'était qu'Abailard, monsieur ?

Brunel sourit :

— Un professeur de l'université de Paris, madame.

— Pourquoi donc a-t-il l'air si triste ?

— Mon Dieu ! il avait des idées avancées... pour son temps. Ça déplaisait au clergé. On lui a fait des tracasseries...

— On lui aura enlevé sa chaire, peut-être ?

— Justement !

Brunel s'esquivait, pouffant de rire, pendant qu'Itzkany essayait de calmer sa belle-mère, indignée du dévergondage de cette maison.

— J'espère bien que vous n'y amènerez pas votre femme,... Nous, de passage, c'est sans importance, et puis, je veux voir le ministre...

Justement, on venait d'annoncer M. Giraudière ; on se précipitait pour lui serrer la main et le saluer. Madame Morambeau courait vers le nouveau venu. Le prince rejoignit sa femme et l'entraîna vers un salon, où l'on dansait.

Yvonne et Georges étaient restés seuls dans l'atelier, réfugiés, tous deux, dans l'intimité de l'angle, derrière les plantes. La jeune fille, allongée sur le divan, luttait vainement contre le sommeil, habituée à se coucher tôt, au Sacré-Cœur, et un peu lasse des émotions de la soirée. Georges,

assis sur la chaise, la regardait s'endormir et se
réveiller, lui parlant doucement, comme s'il la
berçait.

— Vous dormez ?

— Non ! j'entends... j'écoute... parlez toujours.

— Vous dormez ? Vous dormez ?... Yvonne ?

Il se leva et s'agenouilla près d'elle.

— Elle dort... Comme elle est gentille !

Il prit sa main et la baisa doucement. Yvonne
fit un mouvement.

— Je me sauve. Je la réveillerais...

Dans une crainte vague d'effaroucher la pudeur de ce sommeil de jeune fille, Georges s'éloigna, les yeux tendrement fixés sur la silhouette
blanche affaissée parmi les coussins aux nuances
très douces.

Comme il sortait du cercle des arbustes, le
comte entrait dans l'atelier avec Testard. Il
aperçut Georges :

— On joue une mazurke de vous, là-bas, mon
cher enfant ; si vous ne la dansez pas, faites-
leur, au moins, la politesse de l'entendre.

Georges sortit. Le comte se retourna vers
Testard :

— Nous sommes seuls ; pouvez-vous me dire
maintenant...

— Vous ne devinez pas ?

Et souriant, Testard commença, non sans embarras, d'expliquer son affaire. Il était amoureux; il avait longtemps hésité à faire cette déclaration, mais maintenant qu'il avait... qu'il était... enfin...

— Car enfin, reprit-il après une hésitation, Je suis des vôtres.

— Des nôtres ? Ah ! cette adoption...

Il y eut comme un sourire sur les lèvres du comte, qui ne troubla pas peu le fils adoptif du marquis ; mais il s'était juré d'aboutir et il reprit courageusement sa confidence. Il avait préféré tâter le terrain, lui-même, avant de faire faire la demande officielle par son père... Mais oui, son père... le marquis ! Bref, il s'agissait de mademoiselle d'Auffreville...

— Yvonne ? fit le comte stupéfait.

— J'ai cinquante mille francs de rente, ajouta Testard ; et l'obstacle de mon nom ayant disparu... car je comprends très bien qu'on ne soit pas flattée de s'appeler : Madame Testard.

— C'est le nom qu'a porté madame votre mère, objecta poliment le comte.

— Oui, mais enfin, c'est un ridicule...

Assez durement, M. d'Auffreville riposta que

le ridicule commençait à rougir de son nom ; mais Testard, s'emballant, revenait à son idée.

— Oui, ridicule ; car enfin, un comte d'Auffre-ville ne donne pas volontiers sa fille à un M. Testard, tandis qu'à un comte de Kercozannet... Cinquante mille francs de rente, un beau nom et le titre de comtesse... On préfère toujours cela...

— Mon Dieu, monsieur, fit sèchement le comte, vous me trouverez sans doute bien dé-goûté ; mais je préfère autre chose. Ma fille s'appellera tout simplement : Madame Georges Maubray. Le mariage aura lieu au mois de mars, et j'espère bien que vous nous ferez le plaisir d'y assister... Vous permettez ? je vais danser la mazurke...

Testard n'eut pas le temps d'ajouter un mot ; il n'en eût pas eu la force. Il restait comme as-sommé sous cette déclaration si précise du comte, accentuée encore par une inflexion de voix mo-queuse... Oui, on se moquait de lui ! on faisait fi de lui ! Un jaloux, sans doute, aussi, ce comte ! Mais oui, jaloux ! A la mort du marquis, Testard héritait du titre et deviendrait marquis, tandis que M. d'Auffreville ne serait jamais que comte ! C'était pour cela, parbleu ! Ah ! il lui refusait sa fille ! Ah ! il la donnait au petit Mau-

bray... Comme il avait dit cela d'un air triom-
phant : Madame Georges Maubray ! Eh bien !
c'est du propre ! Madame Georges Maubray !

A ce nom, prononcé presque à voix haute,
Yvonne fit un mouvement et se dressa, se frottant les yeux, secouant la tête, vaguement soucieuse de voir, d'entendre, de se réveiller.

Les Morambeau entraient, venant de la serre.
Testard courut à eux.

— Oh ! monsieur le comte, fit madame Morambeau, flatteuse.

— Venez donc rire, cria Testard, en fermant
la porte de la serre derrière eux et en s'assurant,
d'un coup d'œil, qu'ils étaient seuls dans l'atelier.

— Nous partons ; nous avons vu le ministre ;
nous n'avons plus rien à faire dans cette maison.

— Apprenez au moins la grande nouvelle...
Don Alphonse se marie...

— Qui ça ? Don Alphonse ?

— Mais le grand homme ! le petit Maubray...
l'amant de la comtesse...

— Et il épouse ?

Testard éclata de rire !

— Qui il épousait ? C'était du propre ! Une
jolie famille, encore ! Il épousait la fille de son

rival... de son commensal... Comment dire? On
ne savait trop ; Yvonne, enfin ! M. d'Hozier,
lui-même, ne débrouillerait pas la parenté...
Pire que chez les Atrides... La comtesse faisait
le mariage ! Parbleu ! pour trouver une bonne
place à son amant. Comme ça, elle l'aurait sous
la main...

— Et le comte accepte? protesta madame Morambeau, avec une indignation comique.

— Il ferme les yeux, madame... Il a ses raisons !

— C'est-à-dire qu'on les lui ferme. Ne sait-on
pas que le comte est ruiné et qu'il a ruiné sa
fille. Comme cela, il n'a pas de dot à payer...
Avec l'amant de sa femme, on peut s'arranger
en famille...

Sans souci maintenant de Clémence, sans prendre garde aux *pfou* indignés du brave président,
madame Morambeau s'animait à la réplique et
les infamies se croisaient, s'excitaient, tombaient
de plus belle, haineuses, odieuses, salissant
Georges, la comtesse et monsieur d'Auffreville.

Yvonne s'était dressée et frissonnante, écoutait, les yeux fermés, comme pour être moins
souillée. Madame Morambeau était débordante
d'indignation :

— Et on vient chez des gens pareils... avec ses filles !... Et on les expose à entendre des choses comme celles que nous disons... C'est monstrueux ! Allons-nous-en, Isidore.

Elle prit le bras du président ; puis, souriant au jeune comte :

— Offrez-donc le bras à Clémence, monsieur le comte. C'est monstrueux ! c'est monstrueux !

— Pfou, fit le président en hochant la tête.

— Ah ! non, cria madame Morambeau suffoquée ; cette fois-ci, tout de même, tu aurais pu dire autre chose.

Et elle disparut derrière Testard, qui emmenait Clémence, en riant.

Yvonne était toujours debout, immobile et serrant avec violence ses mains crispées sur ses yeux.

— Oh ! la boue ! la boue !

Tout à coup elle se sentit faiblir et s'affaissa sur le divan, pâle, inanimée. Elle resta longtemps ainsi, sans conscience de ce qu'elle venait d'entendre, sans vie. Une lourdeur douloureuse de la tête et du cœur, peu à peu, lui redonnèrent la sensation de l'existence. Elle souffrait, sans trop savoir pourquoi et se plaignait machinalement, sans paroles.

De longs gémissements, des sanglots, de petits cris, des plaintes étouffées arrivaient à ses lèvres, sans qu'elle fît un effort pour les contenir. Tout à coup elle se découvrit le visage :

— Oh ! non ! vivre là-dedans !... non ! non !...

Elle se dressa, alors. Il lui semblait qu'elle venait d'entendre, très loin, appeler un nom que sa pensée lui suggérait, mais qu'elle était sans forces pour appeler elle-même. Des pas venaient vers elle, sourdement, que, dans son impuissance d'agir, elle percevait très nettement. Elle se leva, comme pour aller au-devant de celui qu'elle attendait.

C'était bien lui, en effet, qui entrait, répondant à la mystérieuse évocation de sa peine.

Pierre de Bréhat, cherchant la comtesse, qu'on lui avait dit se trouver dans cette partie de l'hôtel, traversait l'atelier et se dirigeait vers la serre... Yvonne courut à lui :

— Monsieur de Bréhat ! monsieur de Bréhat !

— Yvonne... Vous... Mademoiselle Yvonne... qu'avez-vous ? qu'y a-t-il ? que se passe-t-il ?

La jeune fille se soutenait à son bras, fièvreuse, agitée, les lèvres ardentes, les yeux hagards.

— Emmenez-moi, vous êtes un honnête homme ; emmenez-moi, je ne veux pas rester dans cette maison.

Une des portes de la serre s'ouvrit ; c'était la comtesse :

— Yvonne? vous pleurez ? que signifie? Expliquez-moi, monsieur... On vient de me dire que vous étiez arrivé...

— Je ne sais rien, madame, sinon que mademoiselle pleure et que je l'ai trouvée ici, folle de douleur.

— Ma chère enfant, fit la comtesse en s'approchant d'Yvonne, mais dites-moi donc...

La jeune fille eut un sursaut :

— Je n'ai rien à vous dire, madame... Rien ! Vous devez comprendre que je ne veux pas... que je ne peux pas...

Mais madame d'Auffreville insistait doucement ne devinant pas, implorant une explication ; elle prit les mains d'Yvonne qui se dégagea :

— Laissez-moi !

—Comment ! c'est à moi que vous parlez ainsi, ma pauvre petite... Il faut pourtant que je sache... Je vais appeler Georges.

— Je n'ai rien à dire à M. Maubray et je m'étonne que vous osiez me parler de lui...

Au regard méprisant qu'Yvonne lui jeta, la

comtesse, comme dans un éclair, aperçut l'horrible calomnie que la baronne lui avait déjà, plusieurs fois, perfidement insinuée, depuis le séjour de Georges à l'hôtel !

— Oh ! fit-elle, presque sans voix ; puis, reprenant des forces, à la pensée d'une éclatante justification possible :

— Votre père... Eh bien ! votre père ?

— Mon père, dit sèchement Yvonne !... Devant vous trois, n'est-ce pas ?

— Nous trois ! Mais c'est horrible... mais c'est une infamie ! Qui a pu ? Mais qui a pu ? Quel est le misérable ? Mais ne croyez pas... mais, monsieur, dites-lui donc... Oh ! pauvre enfant ! Pauvre enfant, de supposer...

— Je n'ignore plus rien ! C'est entre vous un horrible marché dont je suis la victime... Car enfin, puisque vous me forcez à le dire, je sais bien que Georges est votre am...

Georges, entré depuis quelques instants et qui s'était arrêté, bondit à ce mot que la jeune fille avait prononcé presque :

— Yvonne ! Ce mot ! Un pareil mot dans votre bouche ! J'ai mal entendu... Vous, Yvonne ! Qu'avez-vous pensé ? Yvonne, qu'avez-vous dit ?

Yvonne s'était redressée, dédaigneuse :

— Demandez à madame ; entre vous l'explication est facile ; il y a des mots qui échappent et qu'on n'oserait pas recommencer...

— L'horrible calomnie ! fit Georges.

— Quel est donc le lâche, quel est l'infâme qui n'a pas craint de souiller la pensée de cette enfant ?

La comtesse regardait fixement Bréhat, spectateur immobile de cette scène. Georges s'était rapproché d'Yvonne :

— Non, ce n'est pas possible... Vous parlerez... Vous m'entendrez...

— Et de quel droit ?

— Et mon amour, cria Georges, en prenant les mains de la jeune fille.

— Votre amour ? Laissez-moi !

Bréhat avait fait un pas et laissa tomber sa main sur l'épaule de Georges :

— Adressez-vous à madame, dit-il froidement ; elle seule peut répondre à ce mot-là.

La comtesse eut un cri féroce :

— Ah ! tenez, le voilà, le lâche ! Lâche ! lâche ! S'il savait... s'il savait... Georges ! Georges ! Non, monsieur ; je vous en supplie... Georges !

Et la pauvre femme s'était jetée au cou du

jeune homme, qui s'élançait pour frapper Bréhat. Georges se débattait :

— Laissez-moi... Laissez-moi... que je le tue...

— Emmenez-moi donc, monsieur, fit Yvonne ; vous voyez bien que je meurs ici.

— Je suis à vos ordres, monsieur, dit Bréhat. Et il sortit, entraîné par Yvonne.

— Ah ! je le tuerai, criait Georges ; je le tuerai !

— Mon enfant ! mon enfant ! Non ! sanglottait la comtesse, lui parlant comme à un malade qu'on veut calmer, d'une voix très douce, avec des caresses fébriles de ses mains affolées.

— Votre enfant ? Vous voulez dire votre amant... Votre amant ! Voilà ce qu'ils pensent... Voilà ce qu'ils disent... Votre amant !

— Pas ce mot, Georges... Pas ce mot... si vous saviez... si vous saviez...

— Et je vis chez vous... avec le comte... Et peut-être qu'on dit de moi ce que j'ai entendu dire d'un autre, un soir... Je comprends, maintenant... Je suis dans vos dettes... Ah ! tenez, il faut que je m'acquitte...

Follement, Georges avait saisi la comtesse dans ses bras et sur la nudité de l'épaule, il appuyait des baisers violents :

— Voilà ! voilà !... Maintenant je suis quitte...

Madame d'Auffreville se débattait, éperdue, repoussant l'horrible caresse.

Brusquement, Georges ouvrit les bras ; elle tomba. Et lui, fou de douleur et de rage, s'enfuit vers la rue, soucieux, avant tout, de quitter cette maison.

## XIX

RÉHAT avait conduit Yvonne chez son
oncle, rue de Londres, et après l'avoir
confiée aux bons soins de la vieille gouvernante, ayant laissé une lettre pour expliquer la
situation à M. Boulard, trouvant plus convenable de ne pas passer la nuit sous le même toit
que la jeune fille, il alla coucher au Grand Hôtel.

A sa rentrée, vers minuit, après avoir reconduit chez elle la baronne qui demeurait rue de
Milan, le député ne fut pas peu surpris de trouver
la lettre et la jeune fille. Il réfléchit quelques
instants, un peu embarrassé de la situation que
la *gaminerie* de son neveu lui créait, et ne trouva rien de mieux pour se tirer d'affaire que d'é-
crire à la comtesse pour lui dire qu'Yvonne était
chez lui, calme et dormant bien ; il la priait de
passer, rue de Londres, dans la matinée, pour
reprendre M^{lle} d'Auffreville et aviser aux moyens
de pacification. Il donna l'ordre à son valet de
chambre de porter la lettre chez M^{me} d'Auffreville et de la faire remettre à la comtesse, si les
portes n'étaient pas encore fermées. Sinon, Julien
devait la jeter dans la boîte de l'hôtel. Puis, en
règle avec sa conscience et tranquille sur les con-
séquences de la folle équipée de Bréhat, il se
mit au lit :

— Diable de garçon ! quand je disais qu'il était
amoureux. C'est égal ! on n'enlève pas ainsi les
demoiselles, en toilette de bal, et pour les amener
chez son oncle, un député. Il m'aurait compromis, si je n'y avais mis bon ordre et si un joli
mariage ne venait réparer...

Ce fut au milieu de ces douces pensées, qui

lui ménageaient d'agréables rêves, que l'aimable
ancien notaire s'endormit. Il en était même, dans
les douceurs de l'oreiller, arrivé à la conclusion
désirable : la cérémonie à l'église de la Trinité, et
il traversait la foule, sous sa couverture cependant, ayant à son bras la jolie mariée, quand
un : *Mon oncle!* vigoureux le ramena à la réalité.
Il se dressa, se frotta les yeux, se tordit les bras ;
Bréhat était assis à son chevet.

— Mon oncle ! bonjour, mon oncle !

— Ah ! c'est toi... Bonjour. Eh bien, tu m'en
fais faire de belles ! à mon âge, un ancien notaire, un ancien maire, un député... Je recèle des
mineures ! Voyons ! explique-moi ce qui s'est
passé, que je sache, au moins... car ton petit mot
d'hier soir était d'un laconisme !

— Yvonne ne vous a rien dit ?

— Elle dormait ! Françoise l'avait décidée à se
mettre au lit ; elle y est encore, car j'avais dit de
me réveiller sitôt qu'elle bougerait... alors c'est
un enlèvement...

En quelques mots, Bréhat mit son oncle au
courant de ce qui s'était passé, la veille ! M. Boulard allait d'étonnements en stupeurs !

— *Diavolo!* j'ai joliment bien fait d'écrire à
la comtesse, moi.

— Vous avez écrit ?

— Oui, et tiens ! voici la réponse.

Julien entrait, portant un carton et une lettre.

— Donnez le carton à Françoise, pour mademoiselle d'Auffreville, et toi, mon garçon, prends
la lettre et lis.

Voici ce qu'écrivait la comtesse :

« *Merci de votre bonne lettre qui m'a tout à
fait rassurée, mon cher monsieur. Le comte
ignore et doit ignorer que sa fille a quitté l'hôtel, cette nuit. Je vous envoie une toilette pour
Yvonne, que j'irai prendre moi-même chez vous.
Dites-lui d'avoir confiance et que tout s'arrangera.*

« *Mes amitiés.*

« MADELEINE. »

— On n'a pas plus d'aisance ; tout s'arrangera !
Elle arrangera mon duel aussi ?

— Tu tiens à te battre ?... Mais tu l'aimes
donc, sournois !

— Mais vous êtes donc aveugle, mon oncle !

— Patatras ! alors ça t'est venu tout d'un coup?

— Tout d'un coup ! Non, peu à peu, au contraire ; lentement, le charme avait opéré. Il s'en
apercevait aujourd'hui. Cette simplicité ! cette
candeur ! Quelle âme !

Et comme Boulard, souriant à cette complaisance de son neveu pour les perfections de l'âme, voulait y joindre, en les détaillant, les mérites du corps, Bréhat s'emportait.

Le corps ! allons donc ! Le corps ! Est-ce qu'il savait seulement comment elle était faite. Il avait lutté longtemps, sans trop comprendre qu'il aimait ; maintenant, il l'aimait, en comprenant qu'il ne pouvait lutter plus longtemps. Quant à l'autre, ce petit jeune homme qu'on la contraignait à épouser, car c'était ce qu'il avait cru comprendre, il ne lui semblait guère à craindre, après la façon méprisante dont Yvonne lui avait parlé... D'ailleurs, il était facile de s'enlever toute crainte pour l'avenir, en supprimant le passé... Il savait encore assez de latin pour se rappeler le viel axiome : *Sublata causa, tollitur effectus.*

Ah ! certes, il n'était pas méchant ; mais à la pensée qu'entre elle et lui, il pouvait y avoir ce souvenir !... Vrai ! ce petit monsieur, il le tuerait avec plaisir.

Mais l'oncle protestait. Pierre était injuste ; il ne connaissait pas M. Maubray ; quant à lui, Boulard, qui, à Paramé, avait pu l'apprécier depuis cinq ans, il était sûr qu'on le calomniait.

Pendant que son oncle achevait de s'habiller,
Bréhat avait ouvert la porte du cabinet de travail:

— Tiens ! mais c'est votre buste, là, en face de
Mirabeau... Quel pendant !

— Oui... c'est la baronne... qui

— Mon oncle ! mon oncle ! la baronne !...

Boulard s'excusait, rougissant, balbutiant...
Un buste, ça ne prouvait rien, après tout... Et
puis, ma foi, c'était la faute de son neveu, qui
avait décampé, fin septembre, pour rester au
loin, trois mois, sans donner de ses nouvelles.
Dame ! en trois mois, on fait bien des choses...

— Et des baronnes, ricana Pierre.

Boulard recommençait ses explications et ses
excuses. C'est la baronne qui avait lancé sa can-
didature à Paris... Pierre l'abandonnait beaucoup trop... et puis, à Paris, il commençait à
sentir la nécessité d'avoir quelqu'un pour tenir
sa maison... Un député !... Mais du moment que
son neveu se mariait, il allait avoir une nièce ;
il ne lui en fallait pas davantage.

— Comment, vous en étiez là, déjà ? Elle est
très forte, cette baronne.

— C'est une femme aimable.

— Elle l'a prouvé. Trop, même !

— Et du talent... qu'en dis-tu ?

Ils étaient devant le buste, l'examinant, tournant autour, s'éloignant, se rapprochant, se baissant.

— Ce n'est pas mal, fit Bréhat.

— Oui, répliqua Boulard, avec satisfaction ; c'est bien ; ressemblant, surtout. Seulement, ne trouves-tu pas que le front est un peu déprimé. Il y aurait quelque chose à refaire, là.

— Le front ? peut-être... Elle aurait refait ça, après le mariage !

— Farceur ! va !

Mais voilà que, pris d'inquiétude, Boulard se rappelait, maintenant, qu'elle devait venir, ce matin. Il y avait un petit déjeuner de collègues et c'était la baronne qui devait le présider. C'est assez l'usage dans la politique... Qu'est-ce qu'il lui dirait, à présent ? Bréhat le rassura : il parlerait pour lui. Ce fut un soulagement pour l'excellent homme, très préoccupé, lui, si peu en train, avec toutes ces affaires, de recevoir convenablement le sous-préfet de Saint-Malo... le nouveau... Encore un autre. Il faudrait pourtant bien lui dire quelque chose, sous peine de passer pour un imbécile.

— Mon oncle, fit joyeusement Bréhat, vous

lui direz : *Pfou !* c'est avec ça que le président
a fait toute sa carrière.

— Le président ! mais je l'ai aussi, le président.

— Alors il faudra trouver autre chose, vous ;
car lui, il est trop tard ; il ne trouve plus rien...

— Et tu ris encore, scélérat ?

— Je n'ai jamais été si heureux... Pour onze
heures, le déjeuner ?

— Non, midi... Nous sommes à Paris, mon
neveu !

— Je vais chez Desroches...

— Pour ton duel ? Attends les témoins du
petit, au moins.

— J'attends, mais je me mets en mesure. A
bientôt.

Au moment où il sortait, Julien annonçait :

— M. le marquis de Kercozannet.

Le marquis entra, clopin clopant, se tenant le
côté gauche, si ahuri qu'il ne rendit pas le salut
que Pierre lui faisait, en se rangeant pour le
laisser passer. Il ne parut se remettre que lorsque Boulard lui eut serré la main :

— Vous m'excuserez, mon cher Boulard ; il
n'est que dix heures, mais je n'ai pas pu attendre midi. Ce qui m'arrive... Aïe !

— En effet, vous avez la figure bouleversée.

Bouleversée ! Je crois bien ! Il y avait de quoi.
M. d'Auffreville sortait de chez lui. Ah ! il y en
avait eu, une scène, et dramatique et comique.
Toute une histoire !... Le comte se fait apporter
les lettres, le matin, dans son lit ; ses lettres et
celles de sa fille. Pour celles-ci, avant de les
envoyer à Yvonne, il a l'habitude d'en inspec-
ter l'écriture, le timbre, par acquit de conscience
et pour remplir ses devoirs. Il en accomplit quel-
ques-uns, il paraît. Ce matin, parmi le courrier
de M<sup>lle</sup> d'Auffreville, une lettre bizarre a at-
tiré ses regards. Une enveloppe verte... Une écriture extraordinaire, comme contrefaite ; le nom
un peu estropié, et le tout timbré d'armes et
d'une couronne comtale. Le comte examine : les
armes étaient celles des Kercozannet. Plus de
doute ! La couronne comtale ! Cela devait venir
du Testard. Justement, la veille, ledit monsieur,
se disant amoureux d'Yvonne, l'avait demandée
en mariage à son père, qui la lui avait, d'ailleurs,
refusée sur toute la ligne. Le comte, flairant quelque polissonnerie, ouvre la lettre. Une lettre
anonyme, à l'encre rouge, dénonçant à M<sup>lle</sup> Yvonne les amours de Georges et de la comtesse. Le
comte s'est levé et est venu réveiller mon Testard.

Il avait la lettre à la main : papier vert, encre rouge, cire noire. Il a des goûts, le polisson ! C'est ça qui devait le perdre. Il s'obstinait à nier, mais le comte venait d'apercevoir, sur la table, la bouteille rouge accusatrice, et le papier vert et la cire noire et le cachet. Et comme l'autre niait toujours, il avait pris tout ça, dans sa colère, et n'en avait fait qu'une bouillie sur la face du Testard !

— Ah ! c'est égal, s'écria Boulard, la lettre anonyme armoriée, c'est un comble !

— Mes armes ! L'imbécile ! il a tellement la rage de s'en servir ! Son sot orgueil l'a perdu ! Quelle distraction ! Et maintenant, il se débarbouille... Il a de la chance ; l'encre rouge, ça s'en va, mais l'adoption, c'est plus dur. Ah ! si je pouvais m'en débarbouiller, moi !

Et le marquis se reprochait sa faiblesse. Avoir trafiqué de son nom, comme d'une marchandise. Un nom jusque-là sans tache, l'avoir encanaillé de la sorte, vendu à un sot, pis, à un coquin ! Ah ! s'il y avait un moyen de l'annuler, cette adoption du diable, comme il s'en irait avec plaisir crever de faim dans son manoir de Kercozannet, mais seul, au moins, et avec la certitude que ce polisson ne ferait pas souche de marquis.

Quelle honte! quelle honte! Et c'était irrévocable? Non, il devait y avoir un moyen! il avait tout de suite pensé à son ami Boulard... Un ancien notaire! il était venu le consulter ; celui-là lui dirait... chercherait... trouverait...

— Une adoption, disait Boulard, c'est diablement irrévocable, mon pauvre marquis !

— Dieu de Dieu ! cria tout à coup le vieillard, le code ne serait plus le code, s'il ne donnait pas les moyens d'annuler une chose irrévocable ! Si je me mariais ?

— Ça ferait une marquise en plus, mais ça ne déferait pas le jeune comte.

— Si j'avais des enfants ?

— Des ?... Comme vous y allez... à notre âge !... C'est encore trop tôt, selon Corvisart...

— Enfin un, rien qu'un petit ?

— Ce petit-là serait le frère du grand, ce serait tout. Voyons, où en êtes-vous de l'adoption ? Il faut plutôt chercher dans les formalités. Si on pouvait trouver...

Boulard avait pris son code et le feuilletait, interrogeant le marquis. N'avait-on rien négligé? On s'était présenté chez le juge de paix?... Art. 353. Bien ! Devant le tribunal de première instance, art. 354. Bon ! qui a dit qu'il y avait lieu à l'adoption... parfait ! Puis, devant la Cour d'appel, art. 355... qui a confirmé le jugement...

— Et puis après ? fit Boulard.

— Après ? mais c'est tout... •

— Comment tout ?... Non !

Et l'ancien notaire, gravement, donnait lecture de l'art. 359...

— *Dans les trois mois qui suivront, l'adoption sera inscrite sur le registre de l'état civil du lieu où l'adoptant sera domicilié...* Et l'art. 354 ? Qu'est-ce qu'on en avait fait de l'art. 354 ? Avait-on fait inscrire ?

— Mon Dieu !... fit en bondissant le marquis, qui en oubliait son rhumatisme ! Mon Dieu ! l'inscription ! oui, c'est vrai, je me rappelle ; on nous avait dit, mais j'ai si peu de mémoire ! Et lui ne pensait qu'à se pavaner avec son titre. Dans les trois mois ; je devais y aller tous les jours, et j'ai fini par oublier... Mais alors ?...

— Il est toujours temps...•

— Jamais de la vie !

— Quelle est la date du jugement ?

— La date, attendez donc. Octobre ? Octobre... vingt octobre ! je m'y vois encore ; il a fait une noce, le soir ; on me l'a rapporté gris, le lendemain.

— C'est aujourd'hui le 2 janvier ; vous avez encore dix-huit jours. Pensez-y.

— Jésus ! pourvu qu'il n'y pense pas, lui !

— S'il n'y pense pas... *l'adoption restera sans effet, si elle n'a été inscrite dans ce délai.*

— Je ne vais pas vivre ! Il faut que je le distraie jusque-là... et le vingt et un, ah ! mon cher ami, quelle expulsion !... Pas d'adoption... me voilà sans enfant... Testard reste Testard... Vive le code ! je savais bien, on trouve toujours... Aïe ! mon rhumatisme... le côté gauche ! Aïe ! Oui, il n'y a que cela que le code ne pourra pas m'enlever, mais c'est bien fait ; ce sera mon châtiment. Vieille canaille ! le nom de tes pères ! A bientôt ! à midi ! Ce que je vais manger, maintenant que je n'ai plus ce Testard sur la conscience !

— A midi ! fit Boulard en le reconduisant, et revenu dans son cabinet, il ajouta mélancoliquement :

— Si je pouvais trouver un article, aussi, pour me débarrasser de la baronne. Seulement, je crois que le code n'a pas prévu ce cas-là.

## XX

EVENUE à elle, la comtesse, avec de grands efforts de courage, était rentrée dans les salons. Préoccupée d'Yvonne, avant tout, elle avait cherché Boulard, mais le député était parti, depuis onze heures, avec la baronne. Bientôt sa lettre venait tranquilliser madame d'Auf-

freville, qui n'eut plus qu'une pensée : dissimuler
au comte l'absence de sa fille, jusqu'à ce que tout
fût rentré dans l'ordre. La solution ne lui paraissait pas douteuse, il lui serait facile de se
justifier près d'Yvonne, de repousser l'horrible
calomnie. Une fois la première exaltation cal-
mée, d'elle-même, la jeune fille comprendrait
toute l'absurdité d'une telle accusation. Au besoin, s'il le fallait, la comtesse d'un mot lèverait
tous les doutes et, quand elle aurait dit : Je suis
sa mère ! Yvonne rougirait de s'être laissée prendre à cette infâme machination.

Mais Georges ? Heurté dans sa délicatesse,
blessé dans la fleur même de son honneur, ex-
cessif et sensible comme il l'était, Georges échapperait difficilement à l'impression reçue. Ces
natures-là, froissées, se relèvent péniblement et
gardent longtemps, sinon toujours, la douleur
du choc qui les a meurtries. Les traces subsis-
tent : effacées à la longue, le souvenir les perpétue,
plus vivantes, peut-être encore, que dans leur première réalité. Georges pourrait toujours répondre : on a pensé cela. Qu'importe qu'Yvonne ait
reconnu son erreur, d'autres l'ont partagée. D'autres que je connais ! Et si ceux que je connais font
amende honorable, il y en a que je ne connais

pas, qui ont pensé cela et qui, peut-être, le pensent encore.

Quant au duel, elle ne s'arrêtait pas un instant à cette crainte. Elle verrait Bréhat et lui dirait qui était Georges ! Quelle fatalité ! Si, au lieu de rencontrer Yvonne, il était venu droit à la comtesse, il aurait su, tout de suite, ce qu'elle avait à lui confier, et, de cet ennemi de Georges, elle aurait fait le meilleur des amis, le plus dévoué protecteur. D'ailleurs, plus elle y pensait, moins elle croyait possible à ce galant homme d'avoir été assez lâche pour calomnier une femme, par une accusation qui froissait toutes les pudeurs d'une jeune fille. Le coupable était autre ! mais qui ?

Les invités s'étaient retirés peu à peu ; le comte lui-même était allé faire un tour à son cercle ; la comtesse monta dans sa chambre. Il y avait de la lumière aux fenêtres de Georges et son ombre y passait de temps en temps. Madame d'Auffreville ferma la porte d'Yvonne, qui ouvrait sur le corridor, éteignit sa lampe, alluma une veilleuse, pour qu'en rentrant le comte ne remarquât rien d'anormal, et regagna sa chambre qui communiquait avec celle de la jeune fille ; puis, ne pouvant dormir et n'ayant plus la force de marcher, elle s'assit et se mit à écrire, se sentant plus calme, à mesure que sa pensée se dégageait dans l'épanchement de ses aveux.

Ce fut une longue confidence, l'histoire de toute une vie, sincère, émue, triste et repentante ; non point faite à un ami, même le plus tendre, et trouvant, dans le besoin d'être aimée encore, l'excuse de pieux mensonges et d'oublis ingénieux ; mais une expansion loyale avec soi-même, sous le coup d'une émotion violente, qui illuminait le passé d'une splendeur de vérité radieuse et l'avenir d'une aube magnifique de repentir et de réparation. Tout était dit : les fautes, nettement, avec la lucidité d'esprit d'un juge incorruptible ; les excuses, humblement, à la façon d'un petit enfant, dont la naïveté émeut le pardon du maître le plus sévère. C'était plus que la faute d'une mère ne devait à la justice du fils, mais aucune réticence n'avait atténué les aveux.

Quand le dernier mot fut écrit, toute son âme épanchée, la comtesse s'endormit, n'ayant plus rien de troublé en elle. Le matin, elle s'habilla très simplement et alla frapper à la porte de Georges :

— Lisez cela, avant de rien faire, balbutia-t-elle, et elle s'enfuit, ne pouvant en dire plus ;

puis, elle se fit conduire rue de Londres, où M. Boulard l'attendait.

Il était onze heures, quand Bréhat rentra, un peu exaspéré de n'avoir rencontré ni Desroches, ni le commandant de Brévalles. On lui dit que madame d'Auffreville venait d'arriver, que M. Boulard l'avait introduite dans son cabinet et qu'il avait donné ordre de ne le déranger sous aucun prétexte. Bréhat alla s'asseoir au salon et se mit à feuilleter des albums, en bougonnant, avec des regards fréquents vers une porte, derrière laquelle quelque bruit se faisait entendre. La porte s'ouvrit ; Yvonne entra.

— Vous, monsieur ; je pensais trouver ici M. Boulard. J'avais à lui parler ; un conseil...

— Ne puis-je le remplacer, mademoiselle ? Si l'amitié la plus dévouée a quelques droits...

— Oui, je connais la loyauté de votre caractère et je sais...

— Eh bien ?

Et du geste Pierre invitait la jeune fille à s'asseoir. Mais elle restait debout, un peu gênée. Ce qu'elle avait à dire, peut-être vaudrait-il mieux ?... M. de Bréhat avait été si bon pour elle ; elle sentait qu'elle allait lui faire de la peine, peut-être.

Encouragée par un geste de Bréhat, elle continua, baissant la tête, à voix basse. Les émotions qu'elle avait éprouvées depuis plusieurs mois l'avaient agitée à ce point qu'elle ne voyait plus nettement en elle-même. Sa vie, autrefois si calme, était troublée aujourd'hui, semblable à ces ruisseaux très limpides dans lesquels, tout à coup, on vient jeter des pierres. Son cœur était comme le ruisseau; elle ne voyait plus rien dedans. Et cependant, elle sentait, désormais, avant d'agir, le besoin de réfléchir à ce qu'elle allait faire. Auparavant, ce n'était pas ainsi : elle agissait sans savoir et n'en avait pas de regrets. A présent, elle avait compris qu'elle pourrait en avoir. Depuis longtemps, elle aimait M. Maubray, et voilà que, soudain, le mépris avait remplacé l'amour, en apprenant brusquement que celui qu'elle avait chéri n'était pas digne d'elle. La honte était publique; elle en avait entendu rire autour d'elle. Sa vie était brisée. Alors M. de Bréhat avait passé; il avait bien voulu lui offrir le bras pour fuir cette maison; elle n'y voulait plus rentrer. Il y a quelques jours, elle se réjouissait de ne plus retourner au couvent; maintenant, elle ne pouvait plus aller que là; elle était résignée.

Comme si tout était dit, elle cessa de parler.
Bréhat se leva et lui tendit la main :

— Mademoiselle Yvonne, je vous aime... Voulez-vous me faire l'honneur d'accepter mon
nom ?

— Oh ! monsieur, fit Yvonne ; monsieur !

Elle tomba, sanglotante, dans les bras du
commandant.

— Si vous saviez, dit-il...

Mais Yvonne s'était arrachée à son étreinte,
et, s'essuyant les yeux, elle parlait par mots
saccadés...

— Non ! non ! ne me dites rien... je ne veux
rien savoir... j'ai honte ! je devrais mourir de
honte, mais c'est plus fort que moi...

— Yvonne... vous ?

— Eh bien ! oui, je l'aime...

Bréhat, sans forces, s'assit dans un fauteuil,
la tête basse, les bras inertes. Yvonne le regardait, ne sachant que dire, désolée de l'avoir attristé ; et pourtant c'était vrai : elle aimait Georges ! Encore ! Toujours ! Que faire ? On devrait
bien la conseiller... Elle avait cru devoir parler ;
elle voulait faire cet aveu. Elle l'aimait, tout in-
digne qu'il fût ! Est-ce qu'elle pouvait être la
femme d'un autre ? La sienne ? Elle n'y songeait

pas. Elle sentait que c'était impossible, à tout ce qui se révoltait en elle.

Peu à peu, le commandant avait relevé la tête. Les bras croisés sur sa poitrine pour en dompter les révoltes, il regardait devant lui, fixement, et répondait d'une voix qu'il s'efforçait de rendre calme. Elle avait bien fait d'être sincère ; et, puisqu'elle s'était confiée, il lui devait un conseil ; il le lui donnerait. Elle était bien jeune encore pour perdre ses illusions de jeune fille, et lui, se jugerait sévèrement, s'il essayait de les lui ravir. Elle croyait à l'éternité de l'amour ; de là venait sa peine ; lui, n'y croyait pas ; c'était ce qui le consolait un peu. Donc elle retournerait au couvent. Là, elle oublierait les chagrins soufferts ; la paix se ferait dans son âme et, bientôt aussi, dans son cœur. Alors, un jour, quand ces tristes souvenirs auraient disparu, peut-être pourrait-elle permettre qu'on lui tendît la main pour la ramener au monde.

Yvonne protesta.

— Il y a des douleurs qui ne sont jamais consolées et j'aimerai ma solitude pour les larmes qu'il me sera permis d'y pleurer ; je l'aimerai, au point de la vouloir éternelle...

— Il n'y a d'éternel que l'inconstance humai-

ne, fit Bréhat, âprement, dans une poussée de
jalousie.

— C'est que vous ne savez pas comme je
l'aime...

Le commandant bondit :

— Ah ! comme je vais le tuer avec bonheur !

— Le tuer, cria Yvonne ! Le tuer ! Un duel !
Un duel ? Oh ! monsieur, vous ne ferez pas cela !
Vous êtes bon, vous ne voudrez pas...

Et comme la comtesse entrait, suivie de Boulard, Yvonne courut à elle, affolée, ne sachant
plus rien, sinon que cette femme aimait Georges,
elle aussi...

— Vous l'avez entendu, il veut tuer Georges ;
mais, madame, dites-lui donc que cela n'est pas
possible.

— C'est impossible, en effet. Il faut que je
vous parle, monsieur. Ce que je vais vous dire,
il eût mieux valu que vous l'eussiez appris hier.
C'était pour cela que je vous avais fait demander...

— Oh ! comme elle est changée ! ne put s'empêcher de remarquer Yvonne, en voyant l'attitude calme et la toilette simple de la comtesse.

— Mon enfant, dit celle-ci, laissez-nous un
moment avec M. de Bréhat ; je ne crois pas

pouvoir parler devant vous ; et c'est une marque
de respect à votre âge, que d'autres auraient
dû vous donner comme moi ! Ces messieurs
vous affirmeront, sur l'honneur, que Georges
est digne de vous et que vous pouvez l'aimer.

Yvonne se laissa reconduire dans sa chambre
par M. Boulard.

— M. de Bréhat, je n'ai qu'un mot à vous
dire. Votre oncle vous fournira les preuves et
vous donnera les détails : Georges est votre fils.

— Allons, voyons, mon garçon, fit le bon
notaire, en serrant dans ses bras le commandant qui chancelait, livide ; c'est comme cela.
Je voulais une nièce, c'est une petite-nièce qu'on
va me donner ; ne nous chicanons pas là-dessus.
Emmenez Yvonne, comtesse. Je vais me débrouil-
ler avec ce grand garçon-là.

D'un bond, Bréhat avait échappé à son oncle
et courait chercher Yvonne :

— Mademoiselle, vous allez revoir M. Maubray avant moi. Voulez-vous bien lui demander
quand il pourra me recevoir ; j'ai des excuses à
lui faire. Vous me rendrez ce témoignage que la
calomnie ne vous a pas été répétée par moi ;
mais, moi aussi, par un mauvais sentiment de
jalousie, j'ai commis la faute d'y croire. Pardon-

nez-moi, mademoiselle, d'avoir si mal agi, dans
une circonstance où j'aurais dû être de meilleur
conseil. J'aurai de la peine à me le pardonner, moi.

De grosses larmes coulaient des yeux du commandant. Yvonne lui tendit la main :

— Comme c'est vilain de croire le mal, mais
c'est encore plus vilain chez une jeune fille. Je
mériterais que Georges ne me pardonnât pas. Et
vous, madame ?

— Oh ! moi, fit la comtesse, ouvrant les bras
à la jeune fille ; je n'ai pas le droit d'être sévère
et je n'en ai guère envie.

— Comme c'est curieux, dit Yvonne, j'avais
cru le mal sans preuves ; et, sans preuves aussi,
voilà que je n'y crois plus...

— C'est ce que nous appelons la foi, conclut
Boulard. Seulement, il ne faut pas l'avoir à tort
et à travers. Allez vite faire la paix avec ce pauvre petit Georges, pour lequel vous avez été
bien méchante, mademoiselle. A sa place, moi,
je vous bouderais, un bon quart d'heure, avant
de me laisser épouser.

Seul avec Bréhat, le notaire lui répéta, mot
pour mot, le récit de la comtesse.

— Tu vois ce que je te disais, dans le jardin,
le soir du concert, à Paramé.

— Votre baronne était bien informée... trop bien ! Une raison de plus pour que vous ne l'épousiez pas. Et le comte ?

— M. d'Auffreville sait que la comtesse est la mère de Georges. Avant de se marier, celle-ci avait dit son secret, mais le sien seulement. Il ignore et doit ignorer le nom du père.

— Et Georges ?

— Il vient d'apprendre la vérité, ce matin, par une lettre de la comtesse. Quand je dis la vérité, la moitié seulement, comme le comte. La comtesse, pour mille raisons que tu comprends, souhaite qu'il n'en sache pas davantage ; et encore regrette-t-elle, peut-être déjà, sa sincérité. On va marier ces enfants au plus vite et on les enverra faire un tour en Italie.

— Ah ! soupira Bréhat, et il ajouta tristement : Je vais demander un commandement dans la Méditerranée.

Un domestique apporta une lettre de madame d'Auffreville pour M. Boulard.

— Tout est pour le mieux, fit celui-ci ; voici ce qu'elle m'écrit :

*Mon cher ami,*

*En rentrant, nous avons couru chez Georges.*

*Après une franche embrassade avec Yvonne, il s'est tourné vers moi.*

*« La paix est faite? » lui ai-je dit. — « C'est à moi de vous demander pardon, m'a-t-il répondu ; mais je veux que vous sachiez que je le fais de moi-même et que vous m'attribuiez tout le mérite du retour. Je n'ai pas voulu avoir d'explications avec vous, même par correspondance; et j'ai brûlé votre lettre, sans la lire; mais la paix était faite avant. »*

*A-t-il bien brûlé, sans lire ? Ou n'est-ce pas une suprême délicatesse de sa part. Pour moi, je n'aurais pas deux fois le courage d'avouer ma faute, et mon amour maternel se résigne à l'anonyme. Je compte sur la même résignation de la part de M. de B\*\*\*.*

    *Grandes amitiés.*

                      MADELEINE.

## XXI

EORGES et Yvonne viennent de partir pour l'Italie. La comtesse a vendu son hôtel de la rue de Boulogne, pour en acheter un autre, rue de Babylone. A leur retour en France, les jeunes mariés s'y installeront, avec elle et son mari.

Hier, 21 mars, en même temps qu'une lettre
de faire part du mariage de M. Jules Testard
avec mademoiselle Clémence Morambeau, madame d'Auffreville a reçu une lettre de Georges
qui commence par ces mots :

*Ma chère maman.*

# LA GRACE

PAR

## OSCAR MÉTÉNIER

DEUXIÈME ÉDITION

Un vol. in-18 jésus à 3 fr. 50.

M. Oscar Méténier, un jeune écrivain avec lequel il faudra sans doute compter quelque jour, avait débuté dans le roman par une histoire violente, la *Chair*. Ii donne aujourd'hui un livre d'une note tout autre, d'analyse discrète, très vivant, pourtant. C'est l'orgueil de la chasteté, de la tentation vaincue, étudié chez un jeune prêtre.

L'abbé Fayolas, que ses succès de prédicateur fougueux ont mis en lumière, voit un jour arriver à lui une femme avec laquelle il a été élevé, pendant son enfance et qui lui faisait sentir, par des moqueries dont il a encore le souvenir brûlant, malgré le temps écoulé, la différence de leur condition. Et la voici pourtant, cette Hélène de Longepierre, cette mondaine adulée, humiliée devant lui et lui avouant un amour sacrilège. Troublé jusqu'au plus profond de son être, il se débat, il se défend, il appelle à lui sa foi, il invoque la « grâce » que l'Église promet à ses fervents pour repousser le crime. Mais ses prières ne sont pas entendues, car l'homme, il le sent, va rester en lui, faible, désarmé, vaincu. Ce que la foi n'a pu faire, l'orgueil le fera. C'est par l'orgueil qu'il aura l'amère jouissance de ne pas céder, de lutter contre la femme dont le souvenir lui fait pousser des cris de désespoir et de rage, dans sa chambre austère d'apôtre. Et il meurt de cette torture trop forte, comme un martyr, de ce défi qu'il a porté à la loi humaine, contre la loi religieuse...

*Gil-Blas.*

# L'ALLEMAGNE INTIME

### PAR

## HENRI CONTI

### 4ᵉ ÉDITION

Un vol. in-18 jésus, à 3 fr. 50

C'est un ouvrage de valeur qui comble une lacune dans notre littérature. Ce n'est plus un livre écrit de chic où nos ennemis sont parodiés en de légères esquisses, mais une œuvre de conscience dans laquelle l'Allemagne, mise en constant parallèle avec la France, est dépeinte dans la vérité avec ses défauts et ses vices, mais aussi avec ses qualités. Chacun des tableaux est écrit sans parti-pris, quoique en certaines pages, les plus belles, le patriotisme déborde, un patriotisme sain, ainsi que l'auteur le dit lui-même, puisé dans le cœur et le culte du devoir. M. Henri Conti entre dans les détails de la vie, il décrit les modes, les coutumes, la cuisine même, sans toutefois négliger les graves questions sociales dont quelques-unes sont traitées avec une grande profondeur et toujours en une langue limpide, nette et imagée, qui est un des charmes de cet ouvrage appelé certainement à un grand succès.

L'*Allemagne Intime* est un livre à lire.

---

TULLE, IMP. MAZEYRIE.

www.ingramcontent.com/pod-product-compliance
Lightning Source LLC
Chambersburg PA
CBHW050153030726
47505CB00005B/1357